越中・能登・加賀の原風景

―『俳諧白嶺集』を読む―

綿抜豊昭著

目次

はじめに

明治時代を代表する俳人正岡子規に「つきなみ」といわれ、その流派（新派）の竹村秋竹に「その見るところわずか三尺の天地に過ぎず」といわれた俳句を詠む人達がいました。新派に対して一括りに「旧派」と呼ばれる人達です。芸術性は低いかもしれませんが、ごく身近にある、普通のことを詠んでおりますので、当時の日常を伝えてくれるという点で注目されます。俳句は本文で多く取り上げますので、連句から一例をあげますと、『俳諧白嶺集』一三三号に掲載された連句の巻軸に

咲く花に高い承知のはたご賃　　萎文
　みやこ見習ふ金沢のはる　　北江

とあります。観光客が増えれば、都にならって金沢の宿代も上るというのです。まる

で新幹線開通後の金沢を詠んだかのような面白みがあります。右の萎文（1841〜1914）は旧派に括られる俳人です。蔦廼家俳壇を導き、明治三八年（1905）四月刊の創刊号から大正二年（1913）一〇月刊の百号まで、『俳諧白嶺集』を発行しました。この蔦廼家俳壇の壇員には多くの越中・能登・加賀（以下「越登賀」と称します）の人がおります。

萎文は俳句（発句）を詠むことについて以下のように説いています（『俳諧白嶺集』三〇号）。

嬉しい事、悲しい事、面白い事をおのれ一人でとやかく思はんよりも、人に語ればいくらか悲しみは去り、嬉しさ、面白さは増す物である。それを書きて残しおけば、後々の思ひ出と成りて、又楽しき物也。如何にして書き遺さんやと云ふに、文章とし、詩歌とし、発句として残すにしかず。中にも発句は至極軽便なれば、発句を学ぶが宜しとは穴がち我田引水に非ざる也。豊太閤も之を嗜まれ、銭屋五兵衛も之を嗜めり。（後略）

＊豊太閤…豊臣秀吉。

＊銭屋五兵衛…江戸末期の豪商で、俳号は亀巣。嘉永五年（１８５２）に獄死、その時、萎文は数え年で十二歳。萎文は亀巣の俳句を高く評価している。

『俳諧白嶺集』に採録された俳句には、明治末を生きた越登賀の人々の、嬉しい事、悲しい事、面白い事などが確かに見て取れます。それらの多くは、当時の人たちにとってごく普通のことですが、それが時を経て熟成され、現代人にとって大切な思い出や物語を持つ「風景」になっているとしたら、それが「原風景」といわれるものかと思います。

本書は、『俳諧白嶺集』に採録された明治期の俳句を取り上げ、越登賀の人々の生活を点描したものです。昭和時代を代表する俳人中村草田男（１９０１～８３）は

降る雪や明治は遠くなりにけり

と詠じました。本書を通して、遠くなった明治時代の、雪降る国の人々の、いわば「原風景」を感じていただければ幸いです。

本書で用いた『俳諧白嶺集』は小笠泰一氏所蔵本である。本書では便宜上、引用を除いて

「発句」「俳諧之連歌」等は用いず、「俳句」「連句」という用語を用いる。また引用にあたり、読みやすさを考えて、適宜旧漢字および漢字の送り仮名を現行のものにあらため、句読点、濁点をほどこす。また平仮名を漢字にあらためたものもある。俳句作者名の下に付された漢数字は『俳諧白嶺集』の号（巻）数を示す。［図＊］は、本巻末「参考図」の通し番号である。参考図は特に断らぬ限り架蔵本等に拠る。

越中・能登・加賀の原風景

――『俳諧白嶺集』を読む――

Ⅰ　『俳諧白嶺集』について

【『俳諧白嶺集』】

明治二五年（１８９２）、正岡子規が俳句革新を唱える。金沢では明治二八年九月に子規や高浜虚子、河東碧梧桐と同郷である竹村秋竹が四高に編入してきて四高北辰会の雑誌に俳句を発表、その影響もあり、新派（北声会）の俳句が金沢でも盛んになる。明治二九年、「北國新聞」（明治二六年八月創刊）の紙上で新派は旧派を攻撃、それに対して旧派も反撃したが、明治三八年頃に、旧派は

今は寒林に風なきが如く、淋しさいはん方なし、心覚えの人達はまだ黄泉にも辷るまじきに、いかなれば沙汰のなき（『俳諧白嶺集』一号）

と、金沢の俳人杉原臥月が歎くほどであった。そうした中、萎文は、「旧派の陋習を駁

し、新派の露骨を批難し、俳道の神聖」を説く。

萎文は、句空庵賢外、白陰洞臥月、子日庵八千代、梧陰北江、古跡庵一翠、杉立軒竹窩、坡中堂村夫、楮庵招鶯、暮柳舎甫立らと、蔦廼家俳壇を率い、明治三八年四月刊の創刊号から大正二年（1913）一〇月刊の百号まで、『俳諧白嶺集』をほぼ毎月発行した。「ほぼ毎月」としたのは、たとえば二一四巻に「緊急壇告」として

本壇主任園亭萎文儀、本月二十二日発杖、江州義仲寺へ参詣、大阪俳諧大会に出席し、紀州三熊野を巡拝なし、伊勢両宮へ拝参、帰庵仕度と存候に付、大凡一ヶ月間不在編輯なし能はざるに拠り、不得止四月中休刊可致哉も難計、此段予て御了承のほど奉願上候、謹言

とあるように、何らかの事情があるときは発行月がずれたからである。
『俳諧白嶺集』は四〇頁前後の横本（縦12・5㎝、横22・5㎝）で、論説、投稿句、句作の法、連句の法などが掲載された。〔図1〕
萎文の死の前年、大正二年一一月の百一号からは、小松市竜助町の「蔦廼家支壇」の白峰庵曲池編となり、大正三年九月より金沢の白梅居小耕編『白梅』に併合される。

蔦廼家俳壇の壇員には多くの越中・能登・加賀に住む人がいた。

【園亭萎文】

幕末から明治にかけて歴史に名を残す人があまりに傑物なので、今日、萎文はまったく埋もれてしまっているが、ぜひとも歴史小説で取り上げて欲しい人物の一人である。以下、和田文次郎著『郷史談叢』（大正一〇年、私家版）、『金沢の文学碑』（昭和四三年、金沢女子大学高等学校）を参照して述べる。

明治維新まであと二七年という天保一二年（1841）六月二九日、金沢でも老舗の酒造業・柄崎屋渡辺太兵衛（金沢材木町）の三男として生まれた。萎文は本名を太余文、幼名は百々作といった。

明治になると、分家して菓子商柄崎屋を創業したが、金沢にとどまることなく、東京や横浜で英語やフランス語を学び、明治九年二月、北米貿易を企図してアメリカ合衆国に渡り、数ヶ月後に帰国、東京で輸送業を始め、砂糖貿易のほか、石川県より補助を受け九谷磁器や加賀象嵌の輸出にもかかわったが、船が難破し財産を失う。明治

四三年刊の『俳諧白嶺集』六一号に「庚戌紀行」が掲載され、それに

（東京）池端七軒町なる某氏を尋ね殆ど三十年前の恩を酬ひしに、氏は快く受けて歓ばれしは、我もこよなく嬉しかりき

とある。また那谷寺で紅葉狩をした折の小品（八号掲載）に

おのれ輸出茶を仕入れたる頃、荒屋村の某、符津村の某、串茶屋の大夫、金沢の紙作上野屋などを引きつれ、紳商然として浮かれ遊び来りし身の今は、櫟笠に着茣をかつぐ弱法師とは成り果てけり

とある。かつて輸送業をしていたころの回想をまじえたものである。

文事にも興味があり、仮名垣魯文の「我楽多文庫」に関わったらしい。明治一九年には「向島紀行」「箱根紀行」を著したという。明治二一年、金沢に帰り、横安江町で蝋燭屋を開業するが、うまくいかず閉店、明治二二年一月には文芸誌『古新廼遊奇（越の雪）』を発行している。これも一年ほどしか続かず、明治二四年には並木町に居を構え、「園亭」の額を掲げ、「広告文」などを書いて暮らす。「園亭」は馬来から続く号で、萎文で六世。二世鹿古は萎文の曾祖父。五世鷺橋は明治一三年没、六六才。泉野

菅原神社の社掌を勤めたとされ、萎文が俳句を学んだ一人とされる。なお『俳諧白嶺集』六六号には「甫立が句に勝る所をよまんと勉強しつゝあり」とある。

明治二四年三月に、蒼虬五〇年忌集『挿柳集』が刊行される。「催主蔦廼家連」として、文器、甫立、賢外、證専など三四名の名が記されている。まもなく、中心にいたと考えられる文器が亡くなり、萎文は、明治二八年に浅野川の景を表紙とする『田の秋』では序文を著し、翌明治二九年には加賀蕉門北枝、希因、闌更、蒼虬、梅室の俳句をまとめた『梅か香集』を刊行し、存在感を増し、萎文が蔦廼家連の中核になっていったようで、明治三八年に、月刊誌『俳諧白嶺集』を発刊した。高齢となるにあたり、百号をもって編集から手を引く。

萎文は、明治四〇年、発起人になり、山中温泉の芭蕉堂を建立、芭蕉像を安置した。同年発行『俳諧白嶺集』二八号所載の連句に

山中俵屋に初て入湯せしより五十六年庭上の蔓依然たり

凌宵にむかし語りや椽のはし　萎文

とあり、山中温泉には十代から通っていたようである。

大正三年五月一八日、金沢の越中町で後事を本家の一二代太平（竹窩）に託し没した。享年七四歳、法名は釈菁渓。渡辺家の墓は小立野の如来寺にあり、そこに葬られたか。辞世として次の俳句を残し、『俳諧白嶺集』一〇八号に梧陰北江の画とともに掲載されている。［図2］

辞世　よきつれや四手（しで）の田長（たおさ）を死出の道　萎文

＊四手（死出）の田長…ホトトギスの異名。魂迎鳥（たまむかえどり）ともいい、冥土との間を往き来する鳥とされ、辞世に詠まれることが多い。

竹谷蒼郎は萎文について「蕉風俳諧最後の活動をした」と評する（『北陸の俳壇史』昭和四四年、石川県俳文協会）。

【原風景】

萎文が没して二六年後の昭和一五年（1940）二月に刊行された瀧春一『現代俳句の添削と指導』（交蘭社）には「農村生活者」の俳句について、かつては「田園生活を美化したやうな趣味的な匂ひのある句が殆どで」「都会人の遊覧的気分」「の俳句を模倣して作つて居りました」が、「農村の俳句も自己の生活を直感した作品が多くなつてまゐりました」とする。はたしてそうだろうか。明治にも自己の生活を直感した農村の俳句が少なからず詠まれたのではないか。『俳諧白嶺集』に載る子爵渡辺昇（其鳳）が金沢の鍔甚楼に滞在中に詠んだ

月の出て山みなこちら向きにけり　其鳳　一

は、今も続く「つば甚」に行けば実景を詠じたものとわかる。風雅の士が集い、詩歌の会をなすことが多い料亭で、子爵という身分の者が佳景を詠じた俳句であるから、当然「都会人の遊覧的気分」といえよう。しかし、同じく『俳諧白嶺集』に載る

濡れて行く牛の背黒し初時雨　能登　其翠　四四

は、文芸としては、二〇一八年の「角川俳句賞」を受賞した、酪農家鈴木牛後の

牛の尾を引き摺るやうに寒波来る

のような見事な比喩はないが、生活を美化した趣味的なものではなく、農村の生活がよくあらわれている。俳句には苛酷な自然や貧窮が詠まれることがある。農作業をする牛に、さらに苛酷なことに冷たい時雨が降りかかる。その背中を濡らして黒く染ま

った様は、農夫の姿でもある。「初時雨」とあるからには、今後も時雨は降り、つらい環境が続くことを暗示させる。生きるのがむずかしいことがある。それは苦痛をもたらすものだが、まるで生きていくことは義務であり、その義務を果たすことが目的であるかのように生きていく様は、時にその俳句の読者に輝いて見えることがある。

また一方で何らかの救いが詠まれることがある。

牛の子の力も見たり麦の秋　　越中　山又　三

は、「麦秋」といわれる初夏、麦畑の農作業で力を見せた子牛の今後に期待を寄せる。農家の希望を想像させる俳句で、これも生活がよくあらわれていよう。旧派の俳句には、時に、じっと耐える日常に小さな前進やドラマがあり、自分を励ましているかのように感じさせるものもある。

かつて「七転郎」なる人物が「不相変（あいかわらず）『北國（新聞）』の片隅にクソ腕を張つて居るのは」「我利々々盲者の委文、桃芽、甫立の俳句玩弄者である」（「能登の七尾」『文庫』一二巻六号、明治三二年八月）と酷評した。単に俳句を詠み、興じるだけではよしとしない俳人ならいうかもしれない、

それは、喜びとは何か、悲しみとは何か、なぜ生きるのか、そしてなぜ死ぬのか、
哲学になるまで必死に考えたすえの俳句なのかと。おそらくそうではない。その根底にあるのは、庶民の気付き、小さな発見である。
それは時に「小さな秋」を見つけたに過ぎないかもしれない。

鳥の来て下からとまる茂り哉　越中　東園　三

まだ葉が茂る前にはそのようなことはなかったが、夏になり茂った木立を何気なく見ていたら、鳥が下の方からとまっていることに気付いたというのである。上からであろうと下からであろうと多くの人にとってはどちらでもよいが、鳥の居場所の変更という一見無意味に思えるちょっとした発見と、そこに見た季節にあわせた鳥の生活の知恵への驚きを俳句にして興じている。どうでもいいことを自然の中で反復して見ているうちに、何かが立ち上がって、創作が生まれることもある。その根底には確かに庶民のささやかな日常がある。それを読むことは明治の越登賀の人々の生活を知ることであり、それはまた越登賀の人々の「原風景」を観るといえるのではないか。

II　冬

【時雨】

越登賀の人々は何をもって冬になったと思うのだろうか。暦の上なら「立冬」をもって冬になるが、自然は暦の通りにはいかない。時雨は冬の到来を告げるものの一つである。越中にゆかり深い『万葉集』では、晩秋にも初冬にも用いられたが、後に冬の季語になる。時雨が降る頃の越登賀はもうしっかりと寒い。

酒の味豆腐の味や初時雨　　在金沢　亀汀　四

初時雨が降り、寒さが増してきたので酒を飲み、湯豆腐を食して体を暖めるのである。初時雨が降ることによって冬を認識し、酒も豆腐も味がそれまでと違う、というところがおさえどころである。環境によって違ったものに感じるというのが「味」の神秘

なところである。また

爐に酔うて松見に出るや遠時雨　　富山　遊斎　六九

と、時雨の降る時節は、爐（炉）のそばにいるのでのぼせてしまうことがある。「遠時雨」はあまり聞かない言葉かもしれないが、遠くに降る時雨で、こちらには降っていないが、向かいの山などで降っているものをいう。ほてりを醒ますために、時雨に濡れて色を増した松を見に出たのである。

時雨には「初時雨」「朝時雨」「小夜時雨」等がある。そのうち「夕時雨」は

夕しぐれ投げ出す本と眼鏡かな　　山中　不折　六六

と詠まれている。眼鏡を掛けて本を読んでいたのだが、夕時雨が降ってきたので、それを投げだし、あわててその光景を見に行ったのである。眼鏡は本を読むためのもので、遠くを見るために取り出したわけではない。少々おおげさで、作り過ぎている句のように見えるが、時雨の閑寂な風情は、俳人好みであった。

夕しぐれ菜汁煮る火の円座かな　　越中　琴風　八

冬の寒さをしのぐものの一つは汁物であった。この句は、菜汁を煮る囲炉裏のもとに

家族が集まって食事をする光景を想像させる。「冬の火」は人を集わせる。菜汁は菜っ葉しか入っていない汁をいうことが多く、質素な農村の夕餉の光景を詠んだものではなかろうか。

味噌汁の匂ふ隣や夕しぐれ　石川　歌光　八

時雨の降る寒い夕方だが、暖かい味噌汁の香りが漂ってくる。そこには家族のぬくもりも感じられる。味噌汁の匂いがわかるというのだから、歌光の句は隣家とは離れていない町中のことであろう。あるいは長屋であったかもしれない。

今、内風呂がない家はどれほどあるのだろうか。

湯貰ひに来て風呂吹きの馳走哉　能登　青江　七八

ということもあった。「湯貰い」よりは「貰い湯」の方がよく使われたが、自分の家に風呂がない、あるいは何らかの事情で使用できないため、他家の風呂に入れてもらうことである。昔は木などの燃料を燃やして湯を涌かした。その燃料を吹く様子と食べ方がよく似ているのが「風呂吹（大根・蕪等）」である。熱いうちにフーフーと吹いて食べる。風呂をいただく、風呂吹きをいただくという言葉遊びが面白い句であるが、当時の庶民生活を垣間見ることができる点でも面白い。

かつて東昭裕記者が「砺波平野が誇る日本の原風景である」とした「散居村」(『富山新聞』2018/10/12)は、実際に見ることができる。しかし、そこでは隣家が離れており、味噌汁が匂ってくることはないし、風呂を貰うこともない。俳句には、濃い近所づきあいのあった町中の「原風景」を見ることができる。

蛇足ながら、総務省「家計調査」によると二〇一五~七年の平均乾物支出額で、「こんぶ支出額」の第一位は富山市、第四位は金沢市、一方「かつお節・削り節支出額」は富山市は四五位、金沢市は四七位である。昆布が出汁(だし)に用いられた理由として浄土真宗の信仰の厚さがあげられることがある。仏事では魚肉類を用いないからである。おそらくこれまでにあげた俳句に詠まれた料理も、出汁が用いられたのならば昆布出汁であったと思われる。

【時雨忌】

「時雨」といえば、忘れてはならないのが「時雨忌」である。陰暦の一〇月一二日は芭蕉の命日であり、「翁忌」といい、俳人にとっては特別な日であった。時雨の多い季節であり、また芭蕉が時雨を好んだとされることから時雨忌ともいう。

翁忌

今日だけは時雨よろこぶ会式哉　　越中　西湖　二一

と、普段はそのようなことのない「時雨」でさえも、この日だけは喜ぶというのだから、俳句を嗜む者にとっていかに大切な日であったかがうかがえよう。『俳諧白嶺集』にも、この時期には翁忌・時雨忌の俳句がまことに多数掲載されている。四三号には、明治四一年一〇月の「山中時雨会」の記録が載るので、その中から四句を。

なつかしや菊の温泉の名付け親　　萎文

菊活けて温泉（ゆ）をつぎこまん像の前　　小槌

合はす手を温泉（ゆ）で濯ぎけり時雨の日　　豊秋

慕ふ日の今年もおなじ寒さかな　　紫陽

芭蕉は「奥の細道」の旅で山中温泉を訪れて「山中や菊は手折じ湯の匂ひ」の句を詠じている。萎文と小槌の俳句に「菊」が詠まれているのは、芭蕉の句を踏まえたからである。なお山中温泉の芭蕉堂は、萎文の発起により寄付金を募り建てられたものである。萎文が全国的に知られていたことがうかがわれるほど、全国から寄付金が寄せられている。建てられた当時は話題になったが、昭和四〇年に刊行された『奥の細道―カメラ紀行―』（保育社）には、芭蕉堂は紹介されても萎文はどこにも紹介されない。時とともに忘れられていくというのは、世の常とはいえ哀しいものである。

さて、豊秋の俳句の「時雨の日」は、翁忌のこと。芭蕉像に手を合わすのだが、その手を温泉の湯で濯いだというところが趣向である。紫陽は、「今年も」と「も」を用いることによって、継続的に催していることを示している。俳句を嗜まない人には、理解できないかもしれないが、翁忌は毎年毎年行われていた。全国的に行われ、越登賀地方独自のものではないが、俳句を嗜む人が多い地域だけに、越登賀の文学史で看過してはいけないのではないかと思っている。明治二六年が芭蕉の二百回忌にあたる。詳しくは鹿島美千代他編『芭蕉二百回忌の諸相』（2018年、桂書房）をご覧いただきたいが、その追善集が複数刊行されているのが加賀と越中である。

ところで今の趣味的な集まりは何が主流なのだろう。娯楽の少なかった時代、地域の人々の繋がりを育むにあたって、俳句のコミュニティは重要な働きをしていたことはもっと知られてよいと思う。ただ趣味に没頭しすぎるのはいかがなものか。

煤掃きや翁の像の置きどころ　　能登　六花堂　三二

「煤掃き」は後でとりあげるが、年末の大掃除のことである。「翁の像」は芭蕉の像に違いない。［図3］大掃除するにあたり、六花堂は、どこに像を置くか熟考しているのだろう。そしてこのような人は

片隅へ児を休ませて翁の日　　小松　可遊　六四

ということになる。俳句に集中するために我が子を片隅に休ませておくのだが、子供に目を離すようなことはない。明治の旧派俳句では、駐車場の車に幼子をおいて遊興にふけるような親は登場しない。

【恵比須様】

白山市美川などで行われている「恵比須講」をご存じだろうか。商売の神様である恵比須様をまつる「恵比須講」は一一月中旬に行われることが多い。

大店（おおだな）の朝のともしや恵比須講　　能登　再来　三二

昼客を朝に望むや恵比須講　　能登　柳門　七七

恵比須様は商家の守護神である。商家の引き札には、大黒様とともに恵比須様が画かれたものである。［図4］恵比寿講とは、商家が、床に恵比須様の絵像を掛け、宴を催すことで、店によっては恵比須講の前後に大売り出しをすることがあった。

小さうても鯛の料理や恵比須講　　能登　芳二　七七

と、その宴には、小さいとはいえ、恵比須様ゆかりの鯛の料理が出され、さらに酒も出されたようである。地域の人々の親交の場でもあったのである。能登の輪島で行われる輪島前神社の恵比須講祭はよく知られるが、再来の句は「大店」とあるので、それではなく商家の恵比須講であろう。

恵比須講三代の主まだ若し　　能登　布村　三二

同じく能登の人の俳句で、恵比須講を行う商家の三代目がまだ若いというのである。「三代目」といえば、共通認識といってよいイメージがある。「売り家と唐様で書く三代目」という川柳がよく知られ、初代が立派な家（財産）を築いたが、二代目を経て、三代目になると道楽にふけり没落して、「売り家」と書いてある札がしゃれた唐様で書いてある、という意味である。布村の俳句には、まだ若いけれど大丈夫だろうか、という気持ちが裏にある。その気持ちに善意があれば「がんばって欲しい」「応援しているよ」となるし、悪意があれば「つぶれたらおもしろいのに」といったことになろう。いずれにしても無関心ではいられず、さまざまな「他人の目」があるのが明治時代の地域社会であった。ただし、暖かな気持ちで、心配しながらも見守る、というのが俳句の世界である。布村の俳句にはそれがある。

ちなみに「恵比須」は「ひるこ（蛭子）」ともいう。漁業の守護神でもあった。伊弉諾、伊弉冉の間に生まれたおりに、葦船に乗せて流されたことと関係するようだ。富山県下新川地方では、恵比須様をおもてなしする「オーベッササマ（恵比須様）迎え」が行われ、射水市新湊地区の西宮神社では海の安全、豊漁を願い、恵比須絵像を引き渡す神事「またてのえびす渡し」が行われる。

宮主が故事を語りぬゑびす講　　能美　遊松　七七

などは、神事との結びつきをよくあらわしている。

石川県のおせち料理の一つに、その形状から「べろべろ」といわれるものがあり、この別名が「えびす」である。何ともめでたくて、しかもおいしい。ちなみに富山では「べっこう」「ゆべし」と呼ぶ。

なお甲子待（きのえねまち）といって、甲子の日の子（ね）の時まで起きていて、商売繁盛を願って大黒様をまつることがあった。また子祭（ねまつり）といって一〇月か一一月の初子（はつね）の日に収穫祭が行われ、二股大根をお供えした。

子祭やわが畑からの料理ぐさ　能美　一甫　四四

甲子祭り瘠せたる菊を飾りけり　能美　一瓢　四四

右の二句を見る限り、能美では、どうやら子祭と甲子祭（甲子待）とを区別していなかったようである。

子祭やまづ初雪のもうけもの　越中　蘿月　三二

大黒様はやはり商売の神様だけあって「儲け」を連想するのだろう、このころに降る「初雪」を「もうけもの」としたところに、軽妙さがあってよい。雪には難儀するが、「初雪」は特別扱いで、

はつ雪や内の子を呼ぶ隣の子　越中　慶哉　二二

という句がある。子供の世界の近所づきあいは無邪気でほほえましい。今は、ゲームといった室内遊戯を目的に他家を訪れることはあっても、初雪が降ったからといって遊びに来ることはあまりないのではないか。なつかしい光景と思う。

【鰤おこし】

海や川からの恵みがある地域がある。出雲地方の恵みの一つは「鱸」であり、一一月の雪を「鱸落とし」といった。この時期によく獲れたからである。越登賀の人々にとっては、鰤がその一つに必ずあげられるであろう。

鰤売りやどこまで走る雪跣足（はだし）　富山　松雨　六六

と俳句に詠まれるだけでなく、富山県射水市の賀茂神社で元旦に行われる「鰤分け神事」や同氷見市で嫁の実家から婚家にお歳暮として鰤を贈る習わしなど事欠かない。

一二月六日か七日頃、二十四節気で「大雪（たいせつ）」の頃、鰤の漁期が始まる。

はつ凪に鰤つむ船の旗手（はたて）かな　越中　月弓　四六

この俳句は「はつ凪」なので正月のものである。旗手は旗脚（はたあし）ともいい、長旗の末端部分をいう。風が吹けば、なびきひるがえるところであるが、凪のためそうなってはいない。鰤漁の時期にそのような穏やかな日は珍しいので、それを俳句にして興じたものである。

鰤漁のはじまる時期の雷鳴を「鰤起こし」という。かつて恐ろしいものとして「地震・雷・火事・おやじ」といわれたが、雷はその一つである。

おそろしき師走となりぬ鰤起こし　金沢　北山　四四

金沢の人ならば幾度も経験しているだろうに、やはり雷は恐ろしかったようである。なお「鰤起こし」は師走、すなわち冬のものだが、年が明けて最初の雷を「初雷（はつらい）」といい春の季語となる。

初雷は茶を挽く音と成りにけり　金沢　神月　四

さらに付け加えると、単に「雷」といえば夏の季語である。

おそろしい神鳴（かみなり）おちて五月晴　金沢　蕉雨　二七

また「稲妻」というと、稲がヒントになるが、秋の季語である。

稲妻やあはてゝ下駄の履き違ひ　　能登　再来　三一

雷にしても稲妻にしても、大きな音がするからびっくりしたり、落ちれば大変なことになり、おそろしいことになる。雷を怖がって抱きついたのが始まりの恋は江戸時代の小説によく描かれたが、俳句の世界で恋が詠まれることは多くない。

稲妻や子の這ひ上がる乳母（うば）の膝　　河北　月湖　六

稲妻の音に驚いて、乳母の膝に登ってしがみつく子の姿は、おびえてかわいそうであるが、その幼げな様子はかわいくもあろう。

越登賀の俳人にとって雷は、一年を通して身近な句材であったのである。

【煤掃（すすは）き】

家庭内ですべきことの一つに「煤掃き」がある。家族揃ってすることであり、場合によっては手伝いに行かなくてはならない。

富山市の山王神社の「煤払い神事」など、越登賀の寺社では年末になると、正月を迎える準備として「煤払い」が行われ、新聞記事などにもなるので、今の人にとって

も「煤払い」はなじみのない言葉ではあるまいが、かつては

煤掃きや寺に一日老夫婦　越中　杉岳　九

と、「煤掃き」という言葉が用いられることが多かった。杉岳の句は、檀家の老夫婦が、お寺の煤掃きの手伝いをしている様であろう。地域によっては、各家から数名出して公の場の掃除等をすることがある。この老夫婦がそうであったか、それとも信仰による自主的なものであるかはわからない。後者のほうが俳句としては美しい。

正月の準備として大掃除する「煤払い・煤掃き」は一二月一三日に行われた。

煤掃きや不足がちなる裏屋にも　森下　松庭　三

煤掃きやまだ新壁の家ながら　越中　箕山　九

と、日頃掃除しないところも、あるいは新築の家でもした。

煤掃きや昼飯時のかり畳　能登　北光庵　七

昼食時ではまだまだ途中である。そこで仮に畳を敷いて昼食をとることになる。畳も床に取って代わられ、以前に比較すれば少なくなったが、大掃除のおりに庭で畳をたたく光景は風物詩であった。〔図5〕

煤掃きは家族が皆ですることだが、邪魔にならないように、肉体労働にはむかない老人と子供は

煤掃きや祖父と子供と寺参り　越中　賞月　三二

と、煤掃きの間、外出する。今なら公園にでも行くところだろうが、当時は公園が整備されていない。そこで「寺参り」になる。同じような孫連れの老人が集まって、談話したり、遊んだりしている、どこか暖かな光景が想像される。

もっとも役に立つ子供は煤掃きの手伝いをする。

煤掃きや女児はやはり役に立つ　能登　鬼灯　三二

今なら「幼児虐待」だとか「男女差別」だとか、かまびすしくいわれそうだが、俳句に詠まれる明治の女子は、家事手伝いをするのが当然で、そのため幼い頃から家事上手として詠まれる。とはいうものの、

煤掃きや邪魔なやうでも男の子　能登　其翠　七八

と、男の子だから役に立つこともある。こうして家族総出でする中で

煤掃きやほこりの中に高笑ひ　小松　一松　六七

といったこともおこる。何があって高笑いとなったかはわからぬものの、ちょっとした失敗があったということだろう。たいへんな煤掃きも、家族皆でするから一家団欒となった。そうした時代が確かにあったのである。

【年の市】

年末になると、新年の飾り物、食品、台所用品などを売る市が立った。「年の市」という。この頃になると町中であっても雪が積もっている。

としの市雪ふみ広げふみ広げ　　越中　耕波園　九

年の市で店を出す人も場所の確保のために雪を踏み広げなければならない。「ふみ広げ」の繰り返しに、実景が目に浮かぶ。

おし押されする賑ひや年の市　　金沢　蒿坡　五

年末年始用の買い物をする人で、押し押されするほど繁盛する年末の金沢の近江町市場の光景は、今でも見られ、テレビニュースや新聞でとりあげられたりする。近江町市場は常設だが、南砺市福野の「歳の大市」は一二月二七日に立つ。野菜や新巻鮭といった食料品の他に臼や杵など木製品が売られる。

松風に瑞気ゆれるや門（かど）かざり　能美　一誠　三三

何ともめでたい句である。門飾りは外のことなので人目に付くためか、大きな門松ではなくても、門やドアに飾ってあることが多い。今は、むろん本物ではないが、緑の中で引き立つ様な朱色の「海老」が付されていることが多い。「海老」と表記するように、腰が曲がるまで長生きする老人に見立てた、長寿の縁起物である。

老いそめてなほあやかるや餝り海老　越中　対岳　六七

老人になってもさらに長生きしたいとあやかりたいものが海老なのである。そして外見的にはその長く立派な髭が注目された。

海老の髭すらりと見えて初明かり　金沢　八千代　一〇

金沢で宗匠をつとめる俳人らしい俳句で上品である。

髭に値の張る伊勢海老や年の市　能登　碁峰　三二

と「髭に値の張る」とも詠まれている。金沢市立図書館「藩政文書を読む会」編『昔の十二ヶ月城下町金沢の年中行事』（1999年）は、江戸時代末のことを知るのに便利な図書だが、その最初に「御城の御飾」の絵が出ており、伊勢海老がどのように飾られたかがよくわかる。伊勢海老は日本海にはあまりいないが、新年の飾りとして珍重された。一〇号掲載の連句「一葉三吟」には

とし迎ふ迄に用意の行きとどき　　萎文

餝（かざ）らぬうちは只の伊勢海老　　招鶯

とある。ホンエビ、シマエビなどともいわれるが、伊勢神宮の近くで多く獲れることからイセエビと一般に呼ばれる。伊勢神宮を連想させるところがまずよい。そして茹でると美しい真紅色になるところがよい。日本人は赤を生命力有る色として尊ぶ。

市を詠んだ俳句を二句あげておく。泉鏡花は金沢の「お買い初め」の思い出を『寸情風土記』に記したが、『俳諧白嶺集』には「売り初め」の俳句が載る。

うりぞめや桟橋へ来るふねの数　　山中　不折　二三

うり初や人たちに似ぬ物しづか　　越中　旅伯　三三

と詠まれている。不折の句は「船の数」が多い、旅伯の句は「人」と「物」との対比

で、話すことのない「物」は「もの静か」で、それに対して売る人も買う人もそうではない、といっている。

梅雨に入る気色も見えず市の中　　小松　曲池　三九

梅雨入りだというのに、そのような様子もなく栄える市を詠んだ俳句だが、今では商店街の大売り出しを見かけることも少なくなった。一九七四年の大規模小売店舗法、二千年の大規模小売店舗立地法の施行は、結果として中心市街地の沈下を招いた。車社会となり、郊外の大型店舗の店が繁盛し、それに加えインターネットで買い物をするようになった。便利さは昔からの商店街をすっかり様変わりさせた。かつて賑わっていたことを知る人にとって、今では寂れてシャッターが下ろされた店の多い商店街の光景は、むしょうに淋しい。中川弘孝記者も空き店舗が気になる商店街に対して「かつてのにぎわいを知るだけにシャッターが目立つのは何とも寂しく、もどかしい」(『北國新聞』2018/10/23)と述べている。

【年の夜】

大晦日の夜を「年の夜」といった。

年の夜や俵の上に百目蝋　金沢　才涯　四

大きな商家か農家の光景であろう。一本の重さが百匁（約400g）ほどもある大きな蝋燭を俵の上に立てるのは、寝ないで正月を迎えるためである。そして

苦も楽も聞く人にあるや除夜の鐘　金沢　得庵　二一

と除夜の鐘を聞く。俵、百目蝋燭というと、江戸時代のような雰囲気があるが、明治の終わり頃でも使われていたことがうかがわれる。ちなみに、氷見市小境で行われる、子供たちだけで神社にこもって正月を祝う「宮ごもり」では、かつて夜明かしのための百目蝋を氷見町まで歩いて買い出しに行ったそうである。

照明器具といえば「行燈（あんどん）」がある。古くからあった照明器具である。

行燈の煤けて暗き師走かな　能登　湖月　二五

この頃になっても行燈を使用し、それが煤けて暗いとなれば、たいそうわびしい生活

を送っているといってよい。

行燈の粗壁（あらかべ）照らす寒さかな　越中　清泉　二四

粗塗（あらぬり）をしただけで、仕上げをしていない壁である。まだ普請中の家の壁ではあるまい。貧しいが故にこのような家に住んでおり、その壁を行燈が照らすさまは寒い。明治四〇年頃の行燈は、貧しさをよく照らしている。

清泉の句に「寒さ」とあるが、越登賀の冬は寒い。この地域の人々の俳句には寒さを詠んだもの、寒さを感じさせるものが膨大にある。

業に精出して忘るる寒さ哉　河北　月湖　四三

寒くて仕事ができないという人には、仕事に集中して寒さを忘れるなど考えられまい。

こほる夜や筆にも角の立つばかり　萎文　三二

夜になると一段と寒く、手が凍えて、なめらかな丸みを帯びた字でなく、角張った字しか書けないというのである。「金釘（かなくぎ）流」といって、金釘のようにひょろひょろしたり、変に折れ曲がったりした字は下手だとされた。それに近いものがあり、流麗な字を書く萎文には、さぞかし不本意なことであったろう。

冬に火鉢に一人向かって暖をとる老人の光景は、テレビや映画の映像のカットにもみられた、いわば日本の原風景ともいえるものである。次の俳句がある。

口下手の傍におちつく火鉢かな　鶴来　露泣　二一

一人、火鉢に向かって、黙って炭や灰を火箸でいじっているさまである。火鉢に鉄瓶がかかっていて、ついお茶を飲み過ぎると

茶に酔ひて寝られぬ寝屋の寒さかな　輪島　梧風　一〇

となる。茶酔いには気分が良くなるものと悪くなるものがあり、この場合は「悪い茶酔い」である。カフェインを取り過ぎ、眠れなくなったことを「茶に酔う」と表現した。寝てしまえばまだしも、起きていては深夜の寒さが一段と身にしみるものである。

夜寒に関しては

膝へ来て猫のあまへる夜寒哉　能登　九皐　四一

と、癒やされるようなものもあるが、俳句としては

何ごともつゝんで言はぬ夜寒哉　能美　鶏哉　三〇

がよくできていよう。能美を代表する旧派俳人だけあって、夜寒の様子がよく伝わる。

【雪】

越登賀地方の寒さのイメージを形成するものの一つは「雪」である。雪国に長く暮らし、経験知が積まれると、雪の降り方はこういうものだと思うようになるらしい。

斯う降つて正月らしやさとの雪　能登　無名　三三

「さと」はただの里ではなく「故郷」である。故郷では正月にこうした雪が降って欲しいといったものがあったのである。そういうものを原風景というのであろう。

旧派の俳句では初物は賞翫される。初雪も例外ではない。

はつ雪やよい程降りてよい気色　山中　自来　四四

丁度よいほど初ゆきの降りにけり　越中　西湖　二一

と、まずは雪景色を楽しみ、

はつ雪や味はさらなる大根汁　山中　秋月　三二

煮てぬくい色となりたる大根哉　能登　碁峰　六五

と食を楽しむ。冬を代表する根野菜・大根、質素ながらも家族でともに温かい汁をすする光景もまた暖かい。しかし、自然は人知を超えたところのものである。

はつ雪のこはそも如何（いか）に二三尺　越中　氷海　三一

一尺をおよそ30㎝で計算すると、三尺は90㎝。小さい背丈の子供ならすっぽりと埋もれてしまう深さである。初雪でこんなにも雪が降り積もったが、この先どうなってしまうのだろうという動揺が「こはそも如何に」によく表現されている。

ひつそりと雪三尺のあしたかな　石川　歌光　九

雪が積もった朝がひっそりとしていることは、雪国住まいであれば多くの方が体験していよう。三尺も積もった雪には、世の中をひっそりさせる力があることはいうまでもあるまい。

正月はまだまだ遠し雪の家　山中　紫陽　一

正月がまだ来ない、というのではない。暦の上で正月はもう来ている。しかし、雪に降りこめられ、暦の上では正月でも、正月気分になるのはまだ先のことだというのである。「まだまだ遠し」には、深く、重く雪が降り積もる国の人の沈殿した気持ちがよくあらわれている。なお、雪が深く積ったときに履いたのが橇（かんじき）である。

かんじきの得手踏む道やまがり角　越中　芳風　二二

橇は丈夫で、はきやすくて、雪の上で滑りにくいが、歩きやすいものではなかったようである。それをはきなれた人か否かが、まがりかどの足跡でわかるというのである。この地域の人ならではの卓見である。今やその橇を履く人も稀である。立山には千二百年前から伝わるとされる「立山かんじき」がある。おそらく佐々成政が雪の山々を越えたときにもはいていたに違いない。［図6］その作り手も今や一人だそうである。

気持ちよう火になる炭や夜の雪　津幡　伸林　五

雪の時には、暖房などの燃料として炭がなくては生きていけない。特に大雪の時は心配で在庫状況を点検してしまう。

大雪や灯ともして見る炭だわら　金沢　村夫　九

行く秋やはや炭の香の頼もしき　小松　叙風　八

と晩秋には炭を頼みにしはじめる地域である。村夫の句にある、大雪を凌ぐに足るだけの炭があるのか確認しにいくさまは、雪国の苦労がよくあらわされている。

【霰】

寒いときには霰も降る。

三日目の雨から霰飛ばしけり　　松任　虎岳　九

冬の冷たい雨、一層寒くなっていき、それに霰が加わると、さらに寒い。「飛ばしけり」に「風雨」ならぬ「風霰」が表現されている。

柴売りの柴からこぼすあられ哉　　越中　慶哉　二一

おじいさんが山に柴刈りにいくのは今となっては昔話の世界だけのことであるが、自ら柴をとりにいくことがむずかしかったりする冬、柴を売りに来る人もいた。電気やガスが当然の様にある時代とは異なり、柴は燃料として必需品であった。霰の一粒一粒は大きく、空気が冷たいため、解けることない。霰が「こぼれる」のではなく「こぼす」といったところがうまいと思う。なお

積みあまる年木や家の右ひだり　　河北　月湖　四四

こぼれ日の二日続くや年木樵　　越中　湘月　二一

という俳句がある。新春を迎える用意に冬のうちに伐っておく柴や薪を「年木」といい、それを伐ることや伐る人を「年木樵（としぎこり）」という。時代が変わり、生活が変わると、こうしたことばは死語となっていく。

飼い犬の得意顔する霰かな　　森下　松庭　四

痛いほどでなければ、霰は楽しいものであり、

泣いていた子のわらひ出す霰かな　　小松　遊歌　二二

その音も楽しいものであった。泉鏡花は「自然と民謡に―郷土光華」で

「雪は一升、あられはごんご」と歌いながら袂に受けて遊んだ。北陸の名物、大きな霰の降る日には痛さに耐えかねて逃げ帰った。

と述べている。

【暖房】

観光用に中を見ることができる古民家に必ずといってよいほどあるものは囲炉裏である。炉を囲む所は、暖をとりながら、食や話を楽しむことができる、大切な生活の

場であった。そこに集うのは人間だけではない。

猫も爐の一隅ふさぐ霜夜かな　　山中　亀遊　七七

先に「霰に得意顔する犬」を詠んだ俳句をあげたが、犬は外のものである。

犬ころも逃げ込む門の吹雪かな　　能登　莞笑　二二

という句もある。一方、猫は内のもので、囲炉裏の側にいる。むろん犬も愛されたが、

地蔵会や猫のさかなを買ひに出る　　山中　秋月　二九

と、猫のように餌を買ったという句は見当たらない。

膝に寝る小猫いぢらし後の月　　山中　亀汀　七七

猫好きでなくても、小猫が寄ってきて自分の膝で寝るというのは、かなりかわいいと思うのでは。今風に言えば、猫は癒やし系の動物である。

話を暖房にもどすと、囲炉裏だけでなく、炬燵も用いられた。

子福者の夜々賑はしき炬燵かな　　鶴来　露泣　二一

といった家族団欒の光景も多くの家庭で見られたと思われる。当時はテレビなどなく、仕事を終えた両親や祖父母が、いろいろと子や孫に話しをして、にぎわしく、楽しく

過ごしたものであった。

余談になるが、正座の苦手な陶芸家バーナード・リーチ（北陸を訪れたことがある）が、自宅に腰掛けられる掘り炬燵を作ったのが明治四二年（1909）とされるので、これまであげた俳句の炬燵は囲炉裏を床の高さより下に作って、櫓を組んで布団を掛ける大炬燵か移動式の炬燵であったと思われる。作者不明だが、三一号の「互評」に

夜や寒し炬燵の炭火消んとす

とあるように、熱源は「炭」で、特に移動式の炬燵は、熱源を木炭や炭団、後に練炭や豆炭を用いた。

客三人（みたり）炬燵ものせて下り船　　能登　波月　六六

は明らかに移動式の炬燵である。また

寝上戸のまた火を起こす火燵かな　　越中　西湖　二一

は、木炭か炭団の火を起こしたものと思われる。

なお、あくまでも個人的な見解であるが、炬燵の改良の歴史にその名が登場する井田源蔵、横山良一が富山県の人であるのも、雪国ゆえに長期にわたって炬燵が身近な

道具であり、使い勝手や一酸化中毒防止など、その問題点が切実なことであったからと想像している。

【河豚汁】

日本海の食べ物は冬のものが断然美味しい。今は寒鰤、蟹などといったものがあげられるが、俳句の世界では河豚である。全国的にはあまり知られていないようだが、輪島市は、現在、国内有数の河豚の漁獲量をほこる。二〇一一～五年度までは五年連続日本一だったそうだ。これからブランド化をして積極的に売り出していくらしい。

河豚は、その毒ゆえに誰もが食するわけでなく

河豚汁や蓋とらぬ人変へるひと　越中　賞月　六五

という句もあるが、江戸時代から多くの俳句に詠まれており、明治になってもそれは変わらない。

河豚喰ふた昔ばなしや薬ぐひ　石川　東足　二七

と薬喰になるほど、栄養価の高いものと考えられた。確かに「河豚（ふくと）汁」はか

らだをほかほかさせてくれる。

河豚洗ふ井戸や釣瓶の軋るおと　越中　慶哉　七

と洗って、調理して

腹鼓打ちて見せけり河豚の客　山中　吟花　五

とたらふく食べる。

河豚汁やこわき夢見も心から　越中　可石　二八

河豚に毒があることは知っていたから、心配で怖い夢を見るのである。その心情等を都会的俳句にすると

胸に問ひ腹にこたえて河豚汁　能登　瑞宝　六二

となる。さらに、『俳諧白嶺集』ではないのだが、明治二七年一二月に刊行された道山三次郎（壮山）編輯『亀齢集』には、

俳諧の禅味もありぬふくと汁　加賀　招鶯

とある。瑞宝のいう「問答」が「俳諧の禅味」という言い回しになっている。都会で言葉遊びする人たちの原風景をうかがわせる。

朝寝して驚かしけり河豚の友　能登　北光庵　四三

昨夜河豚を食べ、今朝遅くまで起きてこないから、死んだかと思った、と友を驚かすなど悪趣味の極みだが、死ぬかもしれなくても食べたいものであったことがよく伝わる句である。また蕪村の「河豚汁の我生きている寝覚めかな」をふまえて友にうけようという魂胆があったとも思われる。いずれにしても、都会趣味のある俳人の困った悪ふざけである。

これで死ぬという直前に、何を食べたいかと聞かれて、死ぬかもしれないから食べられなかったが、それなら河豚の肝が食べたい、と答えた人がいた。石川県の郷土料理として、河豚の卵巣を塩漬と糠漬し、数年間発酵し熟成させた「河豚の子」がある。これは安全である。河豚の糠漬けを詠んだ俳句は『俳諧白嶺集』にはないようだが、

味噌汁の馳走のかれて干河豚哉　越中　淮水　三九

と干物は俳句になっている。「干河豚」は夏の季語で、吸い物に入れるものとして詠まれることが多い。河豚の一夜干しは今日売られており、串焼きにして食されている。

河豚に比較すると、俳句に詠じられることの少ないのが鮟鱇である。しかし珠洲市

の蛸島漁港や宇出津港で水揚げされている。

鮟鱇のくちにつもりしあられ哉　　能登　右衛門　二三

つるした鮟鱇の大きな口にあられが積もった様である。いわゆるグルメ本には、鮟鱇というと茨城県水戸の鮟鱇鍋がよく取り上げられるが、奥能登の鮟鱇も美味であると書き添えておきたい。

【豆腐】

今一つ冬の味覚をとりあげるとしたら、それは豆腐ではないか。唯川恵は小説「いやな女」で、金沢の豆腐について以下のように記す。

金沢というと、さまざまな食材を思い浮かべる観光客は多いようだが、協子は豆腐がいちばんだと思っている。白山から流れる冬の匂いを芳醇に含んだ伏流水が他の地方との味の違いを決定づけている。

豆腐は、一年中食べることが出来るので、

秋たつや灯ともし頃を豆腐売り　　金沢　無求　二九

と立秋の日の句もあるが、冬の俳句に多く詠まれる。

冬ごもり趣向のおほき豆腐哉　　金沢　才涯　六

豆腐そのものは、味を強く主張しないので、料理もいろいろできるが、

湯豆腐の鍋に日のさす雪見かな　　能美　文濤　一〇

といった俳句もある。泉鏡花は「霰にも、雪にも、いつもいゝものは湯豆府だ」（湯どうふ）といっている。雪見をして湯豆腐を食べていたら鍋に日がさしてきたというのである。雪と豆腐の白に日の当たるとは、きれいにまとめたものである。

柚（ゆ）の味も湯豆腐にあり霜の朝　　能登　芳二　七八

柚が多くとれる能登の人らしい俳句である。豆腐料理に関しては、加賀藩の料理人で、明治維新以後俳人となって活動した小島文器の編んだ料理書にたくさん載っている。興味のある方は『〈加賀料理〉考』（2009年、桂書房）をご参照いただきたい。

豆腐は売りに来るものであり、買いに行くものであった。

かた町や時雨てはしる豆腐売　　越中　菊園　六六

は売りに来ている豆腐屋である。大八車か自転車を走らせているととるべきか。古い

映画などでは、自転車に乗り、ラッパを吹いて売りに来る姿が描かれるが、

豆腐売る鈴に啼きやむ水鶏かな　越中　淮水　八六

とあるように、鈴（りん）と呼ばれるものを鳴らして売りに来た。

豆腐買ふ鉢さし出して霰かな　能美　履川　四三

と、豆腐を購入するときは鉢の類を持参し、それに入れてもらっていたものであった。今は便利になったが、ゴミが増え、地球温暖化等を心配しなくてはならない。

【貧しさ】

作者不明だが、三一号「互評」に

炭足らぬ貧乏世帯の爐や寒き

という俳句がある。暖まることができない冬は、さぞかしつらかったと思われる。明治時代、経済的にたいへんだった家は少なくなかった。

短夜を賤が小家の稼ぎかな　越中　柳人　五

夏になると、夜がはやく明け、小家に住む貧しい住人でも、他の季節よりもわずかだ

が多く働けるので稼ぎになるというのである。夜起きていると照明や暖房など費用がかかるので早寝するしかない。太陽の光や暖かさが、彼らにとってかけがえのない自然の恵みだったのである。

今となっては、その名を知る人はごく一部であるが、大正、昭和に活動した木村毅という評論家がいた。昭和二年に著した「越中富山薬売り綺譚」がある（『明治文学展望』（1982年、恒文社）所載）。

一体に三越には変った商売が多い。女郎と三助とは別にしても、越後のわかめ売り、毒消し売り、越前の叩き鰈売り、そして越中富山の薬売り。

何しろ半年は霙や雪に降り埋められて働けず、従って生産の乏しいあの地方の事だから、その間旅に出稼ぎして他国の富を移入して来ないでは、生活資料の補足が付かなかったろう。だから過去に於て、ああした商売があの地方に発生した事はよく分る。しかし開明な今日、それがまだ存続している事が実は少々私の腑に落ちない。

「三越（さんえつ）」とは越前、越中、越後のことである。この中に能登は含まれてい

ないが

くれかゝる貧乏むらや雪のなか　鶴来　露泣　二三

といった句が詠まれるほど貧乏な村もあった。本書「はじめに」で引用した七転郎「能登の七尾」には

能登の七尾と、さへ云へば諸君は、ハァ三助か、烏賊釣か、などゝ刎ね付けて仕舞が、マアートロに言へばそんなものだが（後略）

とあり、「三助」が含まれている。

女郎はともかく、「三助」といわれても、銭湯を見かけなくなった今日では死語であるが、銭湯の利用者が体を洗うのを手伝ったりした人のことである。ましてなぜ木村が「三助」を出したかなどはわかる方もほとんどいないのではないか。しかし、昭和二年頃には「三助」といえば富山を思い浮かべる人が多かったのである。富山の人が冬に出稼ぎで就く職業が三助と思われていた。ちなみに「最後の三助」といわれた橘秀雪氏は、富山県氷見市の出身とのことである。銭湯に関連して一つ付け加えると、銭湯の中には装飾に高価なタイル絵が用いられていたが、それは九谷焼で、金沢市の

鈴栄堂が広めたとされる。こうしたことは風呂屋を開業した人が、この地方出身者が多かったことと関係あると、聞いたことがある。

なお、七転郎が、能登七尾の人がなる職業イメージとして「烏賊釣」をあげているが、次の俳句がある。

桃さくや蝦夷地へゆきし人の家　能美　鬼灯　二五

元ボクシング世界チャンピオンで知られる輪島功一氏が「私の一家は明治時代に漁師になって能登から北海道に移住しました」（『月刊北國アクタス』三五三号）と述べられているが、越登賀からはかなりの人が北海道に移住している。

III　新年・春

【元日気分】

大勢の人が神社に初詣する様は、正月のニュースの定番だが、その様を

人の山崩れて年の流れけり　　山中　露暁　一〇

と詠んでいる。「怒濤」という感じがして、大きな印象を持たせる俳句である。

元日の朝に若水を汲んで煮ることを「福沸かし」という。その年はじめての煮炊きを祝って行うものである（正月四日、七日、一五日などに、若菜や神に供えた餅などを粥に入れて食べることも福わかしという）。

機嫌よき顔のうつるや福わかし　　能登　暁夢　三三

機嫌がよいだけでない。

元日やみなゆたかなる顔ばかり　越中　清泉　二二

元日やめでたきものは人のかほ　越中　霞村　三三

と、元日は、顔もめでたくなる。変化するのはそれだけではない。

元朝やことの葉ぶりの美しき　越中　慶哉　三二

新年を迎え、言葉遣いもあらたまる様を「美しき」と表現した。今は、正月早々、何かあわただしく感じることが多いが、かつては厳粛な気持ちになったものである。その一方で

元日やわらひさゞめく家のうち　山中　紫明　三三

と、なごやかな雰囲気もあった。福笑い、双六、カルタなど、家族団欒で楽しむ様が目に浮かぶ。

元日の心地はひとし爺とまご　津幡　北洲　二二

という俳句がある。お爺さんが童心にかえったため、孫と心地が等しくなったのであろう。お爺さんとお孫さんが一緒になってカルタなどしたりして、共に正月を過ごしている暖かさが感じられる俳句である。

【屠蘇】

年末に求めるものの一つに屠蘇用の薬「屠蘇延命散」がある。屠蘇とは薬を浸した酒のことで、元旦に飲むとその年の邪気を払い、長生きするとされた。

屠蘇つぎて蝶の片羽ぬらしけり　能登　芳二　九

あらたまったおりには、雄蝶と雌蝶といわれる和紙で作られた飾りのついた提子で注がれた。注ぎ方が下手なため、その蝶の羽を濡らしてしまったのである。

屠蘇くむや稀な齢を経し上に　越中　石甫　三三

これはすでに古稀を迎えた老人が、さらに延命しようと屠蘇を飲む様を詠んだ俳句である。自身を詠んだ俳句であるとすれば、句の最後の「に」にためらいがあり、かわいげがある。第三者が老人を見て詠んだととると、最後の「に」に、「まだ飲むんだ（嘆息）」という毒気がでてしまう。ここはやはり自身の詠句ととるべきであろう。

昔いただいた富山県高岡の薬局の屠蘇延命散は三角形の袋に入れられていた。それを酒に浸して飲むのである。本来の目的を忘れ、飲み過ぎる人もいたようだが

面白やをかしや屠蘇の酔ごゝろ　　越中　西湖　一〇

とあるように、どうせ酔うならおもしろおかしく酔って、「屠蘇機嫌」であって欲しいものである。

萎文に次の小品がある（二一号）。

歳暮

春の暮、秋の暮、夕暮いづれも淋しければ、取りわけ歳暮のいと淋しからんに、左はなくて、何とやら賑はしく、嬉しき心持することそけしからね。幼き者の来年を待つは、さも有りなん。老いほゝけし身に来年を俟たるゝとは、我ながら嗚呼がまし。齢はとる程愚となるも知りてあれば、其愚を好むにも非ず。極楽の近づくを悦ぶにもあらず。唯屠蘇の芳しきを楽しむにやあらんと、みづから悟りて自ら笑へば債鬼算珠を弾きてせまる

かけ乞よ首もて去んで屠蘇浴せ　　萎文

歳暮が嬉しく、新年が待たれるのは、お屠蘇を楽しむからだと悟ったところ、借金取りがきたので一句詠んだ、とまとめてしまってはみもふたもあるまい。この軽妙さを

よしとしたい。

　釘ぬきも返して来たり大三十日　　能登　碁峰　三三

物を借りていた人は、大晦日までにそれを返す。「釘ぬきも」と「も」があるのは他の物も借りていたためである。他に何を借りていたかはわからないが、返すものはすべて返してすっきりした感じがでている。

物だけでない。借金も返す日であった。井原西鶴の名作をあげなくとも、庶民が借金取りから逃げ隠れするさまは、落語などでおなじみの光景といえよう。そんな借金取りが来るさまを「債鬼算珠を弾きてせまる」と萎文は表現した。

【富士山】

元日には初日を拝む。

　拝む間は心の温き初日哉　　能登　漱石　二二

かつて不思議に思ったことがあった。越登賀から富士山は見えない。それにもかかわらず富士山の初日の出が俳句に詠まれる。しかも

不二にこす山は世になし初日の出　石動　袋渓　一

と、富士山を越える山はないとまでいう（確かに高さは日本一である）。仮に晴天であっても、富士山の初日の出は、越中石動ではみられない。『俳諧白嶺集』は紀行文を載せることがあるのだが、二号に、江戸三大大家の一人とされた俳人・橋田春湖（1815〜86）の「白山記行」を載せる。明治一三年六月に白山に登ったおりの紀行で、お供は金沢の俳人悠平である。小品ながら貴重な郷土資料といえよう。それに

抑（そもそも）白山は、立山、富岳に肩を並べて三山と呼び、四州に跨り、百峰遶（めぐ）りに在て、高き事銀河を汲つべし

とあるように、富士山、白山、立山は肩を並べている。「富士山」中心の見方で、白山を「加賀富士」という例もあるが、実際に見えるか否かはともかく、初日が出るのは白山もしくは立山でもよいのではないかと思っていたが、俳句にはあまり詠まれない。

唐人も拝む白嶺の初日哉　石川　松雪　一〇

は、その少ない例の一つである。

越登賀の俳人には、元旦、初日の出と富士山は、結び付けるもの、すなわち固定化

したものであった。固定化する理由の一つは家の中にあったのではないか。

山いくつ富士を屛風に眠りけり　輪島　此峰　八

と、屛風をはじめさまざまなものに富士山が画かれている。床の間の掛軸もその一つだ。今では床の間のある屋敷に住まわれる方も少なくなったが、正月用の掛け物として、富士山、朝日、鶴、亀、松が画かれたものは、それこそ山ほど生産された。この掛け物の前で家族が集う様子は、いかにもありそうである。そうしたなかで、外は雪とでもなれば、内でみるのは富士山ということになる。

富士山は初夢とも関係してくる。初夢で見て縁起のよいとされたのは、一富士、二鷹、三茄子である。［図7］その由来は諸説あるが、江戸時代には版本の挿絵に載るなど、しっかりと定着している。これは越登賀地方でも例外ではなく

しつかりと見た初夢ぞ不二の山　能登　三寅　二三

と自慢げである。それでも一度や二度ではだめで

七十四歳の老となれば
富士の夢いく度も見て今朝の春　能登　梅園　一

とも詠まれた。何十回見たか聞きたいものである。初夢に何を見たかは、家族の会話の種になったに違いない。ただし『俳諧白嶺集』に富士の初夢を詠んだ俳句はあるのだが、二の鷹、三の茄子を詠じた俳句はなさそうである。

【雑煮】

正月に食する雑煮は、餅を煮たものということが共通するくらいで、餅の形が丸かったり四角かったり、醤油仕立てだったり、味噌仕立てだったり、地域色がもっともよくでる料理である。能瀬泰申『食は「県民性」では語れない』（2017年、角川新書）によれば「食の多様性の代表格」が「雑煮」であり、同書には富山県、石川県の雑煮も取り上げられている。それにも記されているが、越登賀に限っても地域により雑煮は異なる。さらに「我が家流雑煮」がある。加賀藩の料理人舟木伝内は、お雑煮の「菜」を「名」に通じさせ、最初に菜を食べて名をとるか、最後に食べて名を残すか、といったことを記しているが、正月の雑煮は縁起ものである。形だけでなく、餅そのものにも、地域で伝わる意味を込めて食していた。こうした様々なものがあるにもかかわらずなのか、あるからなのか、俳句では雑煮は食べられる状況が詠まれることが多い。

米の賀の祖母を上座に雑煮かな　能登　有梋　一〇

米寿を迎えた祖母を上座に、一家が揃って雑煮を食べるというのである。有吉佐和子が『恍惚の人』で「核家族という言葉がある」と記したのが一九七二年のことである。その六〇年ほど前にはこのような家族の方が多かった。さらに

つぶら子の箸も並べて雑煮かな　富山　旋斎　三二

と、お正月の光景に、小さな子が加わっていると、ほんのりとしたものがある。

ところで、正月の俳句には鶴がよく詠まれる。千代尼の

鶴のあそび雲井にかなう初日哉

などは知られた句といえようか。よく詠まれるのは縁起がよいからである。今でこそできないが、かつて鶴は食されていた。本山荻舟は、小説家としては過去の人のようだが、料理関係の著述は今でも引用されている。その著述に昭和二五年に刊行された『舌の虫干し』（朝日新聞社）がある。その一節に以下のようにある。

イナダの肉は鶴の味がするといわれる。ワカシからイナダ、ワラサを経てブリになるのだから、いわば出世魚の青年期で、およそ一尺四五寸どまりというところ。京都あたりで祝儀の吸物に「イナダの鶴もどき」というのは、塩引したイナダを薄く削いで水につけ、塩出しをして水気をふき去ッた上、両面に薄くクズ粉を打ッて、熱湯にさッとゆがき上たのを椀ダネに用いるので、加賀の金沢では鶴にちなんで「日の出汁」などゝしやれている。百万石の城下でも、ツルは容易に得難いから、似た味のするというイナダを代用して、ツルの吸物を食ッたつもりになッたのだろうが、そんなヴェールをかけなくても、イナダはイナダで立派にうまい。

神秘のヴェールの中に透かされた女性の眺めもよしとする観上手（みじょうず）がいるように、「文化的背景」というヴェールをかけた料理は「味上手」でないと楽しめないとつくづく思う。

なお、俳句だけでなく、連句もあわせて、知るところでは鶴の料理は出てこない。庶民的ではなかったからだろう。ただし、そうはいっても

二日にはあつさり済す雑煮哉　金沢　亀汀　一〇

という俳句もあり、あっさりしない、それなりに豪華な雑煮が、元旦に食べられるものであった。その一方で

もらひ菜に事足る庵の雑煮哉　能登　如石　六七

は、いただいた菜だけが入った、簡素な雑煮だから俳句になっている。多くの俳句に詠まれるわけではないが、経済的に苦しい人の雑煮とは、日頃食する雑穀に菜が加わっただけのものではなかったかと想像している。

元日とは異なり七日は菜が中心になる。

少しづつわけてもどるや若菜摘　小松　徐風　二四

一月七日に、その年の無病息災を願って七草粥を食する。そのための若菜を摘んで来た人が、ご近所の人に少しずつ配っていることを詠んだ俳句である。独占するよりも分け合うことが多かった時代がある。

七草や粥ににあげてひと薫り　越中　弄司　七九

七草粥は古くから行われたためか、七草粥の呼び方も「ななくさがい」「ななくさぞ

ろ」と地域によって異なる。今はデパートやスーパーマーケットで「七草粥セット」が売り出されるが、地域色、家庭色があり、七草以外の食材も入ったものもあるようだ。

七日は「人日」という五節句の一つであり、富山では茶屋町の豊栄稲荷で七草神事が行われる。七草の歌を唱えて七草を庖丁で叩くもので、金沢では大友佐俊氏が行われるのがよく知られている。

人の日の人になりけり酒のひま　金沢　招鶯　三三

七草粥は、正月の料理で疲れた胃腸を休ませるためのものともされるので、酒を飲んだりしない。招鶯は酒造業の家に生まれたためか、酒が好きであったようである。このような都会人的な俳句は、金沢の俳人の句に時おり見られる。一方

正月や遊びに飽きて藁仕事　能登　遊松　六七

という俳句があり、飲酒の日々の間に一日だけ無飲酒の日がある人と、農家の人とはやはり異なる。

【書き初め】

一月二日に行われたのが「書き初め」である。［図8］富山では書道展がよく行われており、石川県の小松天満宮でも字の上達を願った奉納が行われている。

書き初めや北野へまゐる姉妹　小松　可遊　六八

は、「北野」とあるが、小松の俳人の俳句なので、京都の北野天満宮ではなく、現在の小松天満宮への奉納であろう。小松天満宮は北野天満宮とゆかり深い。

書き初めはもともと宮中の儀式であったが、江戸時代になり、庶民も行うようになった。庶民の身につけたい技能「読み・書き・そろばん」の一つである。

書ぞめや墨摺つてやる親ごころ　能美　紅汀　三三

今なら「過保護」だとか「親ばか」だとかいう教育者がいそうだが、虐待よりは子供のために墨をすってあげる親心のほうがはるかによいと思う。

書き初めや紙かむ稚子の筆すさび　能登　竹渓　二二

稚児が這ってきて書き初め用紙を噛んでしまい台無しにしても、それはそれでかわいくて、字も知らないのに「筆すさび」といって許してしまう親は、失礼ながら「親ばか」だが、他人に迷惑をかけるならともかく、そうでない「親ばか」は魅力的である。

江戸時代の本などを見ていると、書き初めもけっこう手間がかかり、墨を摺るのに用いるのは元旦の朝に汲んだ「若水」だとか、「恵方」に向かって書けだとか、書き初めで書いたものは「左義長」(どんど焼)で燃やすだとか、その炎が高く上がると字が上達するとか言われている。もっとも

太文字に万々歳と筆はじめ　越中　其山　一

という俳句もあり、どのような文字を書くかはそれぞれで、おめでたいものであればよかったようである。

むろん書き初めは子供だけがするものではない。

書き初めや艪を押す手とは見えぬ筆　能登　碁峰　六八

書き初めが、漁師とは思えないほど上手だというのである。若者ではあっても子供ではあるまい。これが都市部の人が詠んだものであれば、漁師を見下したものとなるが、おそらく関係者の碁峰が、素直にその上手さに感動して句にしたものと思われる。

また年老いても書き初めをする。

七十七の年を迎へて
喜びの一字をわれも筆はじめ　　能登　佳丈　七九

七七歳は「喜寿」「喜の字の祝い」ともいわれた。「喜」の草書体「㐂」に由来する。佳丈も、「七」の字を重ねたようにみえる「㐂」の一字を書いたものと思われる。七七歳を迎えた喜びと、書き初めした字を掛けたところが技巧である。

【二日灸】

民間療法に鍼灸がある。さすがに鍼（はり）は鍼師にしてもらうもので、素人が家族同士や自身でしなかったためか俳句にはみられないが、灸は詠まれている。

足に灸すゑて寝る夜や初蛙　　鶴来　露泣　三七

最近は爪水虫治療のために灸をすえる人もいるそうだが、疲労をとるためにする人が多かった。後で灸をすえることが必要なほどの重労働を終え、眠ろうとする夜、心を癒やすかのように初蛙が鳴いたのである。繰り返しになるが、俳句作者は初物を俳句

にする。三六号に掲載された連句「涼風三吟」に

居成りしてまた居成りして鶏（とり）の世話　竹窩
がたつく脚に灸すえる春　萎文
太刀山を知らぬといふは恥づかしく　北江

とある。「居成り」は動かないでそのままでいること。じっとして動かず鶏の世話をして、脚がガタついて灸をするというのである。三句目は太刀山に登ったことがないというのは恥ずかしいと登ったら、脚がガタついて灸をしたというのである。どのような場合に灸をするかがうかがえる。

今ならば富山県高岡市瑞龍寺の「ひとつやいと」がそれにあたろうが、年中行事のような灸もあった。「二日灸」である。はやく江戸時代初期の俳書『毛吹草』に「ふつかやいと」として出ており春の季語である。陰暦二月二日また八月二日に灸をすえると、一年中健康に暮らせるといわれた。

荷にならぬ旅の用意や二日灸　能登　柳仙　六八

と詠まれている。また小林一茶の「風の子や裸で逃げる寒の灸」を参考にしたのであ

ろうか、

たけ馬に太郎はにげぬふつか灸　能登　右衛門　二十三

とも詠まれている。遊具の竹馬を出して太郎が子供であること示す。今の灸の何倍も昔の灸は熱い。健康のためとはいえ、元気な子が逃げるのは当然である。子供に灸をすえることがなくなったのはいつ頃からであろう。かつて温泉などで、灸の跡が背中に残った人をよく見かけたが、老人ばかりであった。市販の灸は普及しているようだが、比喩表現としての「お灸を据える」も聞かなくなったように感じる。

【ひな祭り】

性別が記されていないので、はっきりとはわからないのだが、蔦廼屋俳壇には女性の壇員が少なく、『俳諧白嶺集』には女性の視点で詠まれたと思われる句や、女性のことを詠んだ句がまれである。しかし、そうはいっても家族の女性、子や孫にあたる女子に対しての暖かなまなざしの俳句は少なくない。

ある程度裕福な家では三月にひな人形を飾った。

ふるき世の姿くづさぬひゝな（雛）かな　能登　北光庵　三七

今は変わった雛が販売されることがあるが、多くは伝統的なものである。明治はむろん伝統的なものであり、古い時代のままを「姿くずさぬ」といったところがおさえどころであろう。背景には、崩したか否かはともかく、昔と変わった今があることはいうまでもあるまい。ただし地域色はあったようで次の句が詠まれている。

里ぶりや伏見人形も雛の棚　越中　亀汀　八

とある。雛祭りの主役は女の子である。

祝ふ子に似た顔もある雛かな　越中　渓水　三六

雛祭りでかざられた人形の中に、娘もしくは孫娘に似た顔のものがある、というのである。あまり似ていなくても、ひいき目で似ていると見えてしまうのが、娘を持つ親、もしくは孫娘を持つ祖父というものであろう。

にぎはしき雛の料理やしじみ汁　越中　未央　二三

三月の節句の祝いの料理としては、蛤の吸い物が用いられるのが一般的である。なぜ蛤なのかは、民俗学などでいろいろなことが述べられるが、よく言われるのは貝殻が同じ貝のものでなければぴったりと合わないことから、夫婦和合や女性の貞節をあらわすからという説である。ところが右の俳句は蜆汁である。かつてテレビの時代劇で、子供の蜆売りが登場することがあったが、それは江戸に限られたことではない。

よび声のわりにちいさき蜆かな　越中　渓水　三六

と大きな声で蜆を売りに来る人が越中にもいた。先の未央の句で蛤ではなく蜆であるのは、慎ましやかにしているからではなく、風習だからである。

えりぬきの蜆ちいさし雛の膳　招鶯　三六

という句もある。越登賀では蜆であり、今でも富山や石川では蜆の味噌汁を出す家が多いそうだ。金沢の老舗不室屋（慶応元年創業）の雛祭りでは蜆の味噌汁が出されるという記事を、かつて読んだことがある。春の訪れが遅いので、蛤が入手できなかったからとされたりするが、蜆汁には蜆がまさに「にぎわしく」たくさん入っている。娘の節句を家族皆で祝っているさまと重なり合って、どこかほほえましい。

Ⅳ　夏

【田】

米は農家の楽しみの源であった。米の品種等によって異なるが、富山県では、現在、五月中旬に田植えを行う農家が多いそうである。『俳諧白嶺集』には田植えを詠んだ俳句が多く載る。

上手ほど静かに見ゆる田植哉　　能登　竹渓　七二

熟練した技術者の仕事は、黙々とすみやかに、そしてなめらかに進められる。しかし、その技術は手仕事から機械仕事のものとなった今、想像しにくい句である。

我が向かふ方へ並びて田植え哉　　越中　杉岳　三

田植えの機械が発明され、それが普及した今日、田植えを人力で行っているのは、機械が入れない田か、機械を入れる必要の無い、小さい田ぐらいであろう。当然、何人かで横一線に並んで田植えをする光景は、小学校等の田植え体験学習でもなければ見ることはなくなった。

田植え見にことごとしさよ都人　輪島　可鳩　五

すでに明治の終わりには、都会人にとって田植えは珍しい光景になっていたようだ。

水にとむ里の賑はし田植え唄　能登　蘆風　三

田植えのさいには唄がうたわれた。これも今や実際の田植えの場面で聞く機会はない。

楽しみや青田養ふ夜の雨　越中　其骨　三

稲が育つのに絶対に必要な水の問題は、ため池の整備などが進んだ今日でもあるが、昔はもっと切実なことであった。前掲の能登・蘆風の俳句も「水にとむ里」だから稲も富むのである。越中・其骨は、夜、これから寝ようとするときに雨音が聞こえてきたのである。そして自分の田んぼに思いをはせた。稲が生活の中心にあったことがよくうかがわれる俳句である。

心地よきものよ青田の戦（そよ）ぎぶり　越中　袋渓　四

田の色についつい暑さ忘れけり　能美　自鳴　六一

清風が吹いて、無事に育っている稲がそよぐさまが心地よく、それを安心して見ている自分の心にも清風が吹いて心地よい。そのため暑さを忘れてしまうこともあった。

田の匂ひ入り来る里や啼く水鶏　越中　山又　三

あばら屋も早稲の匂ひや物ふくさ　金沢　得庵　五

視覚、聴覚だけではなく、嗅覚もある。風は田の匂いも運んでくる、そしてゆったりとくつろぐ（物ふくさ）のである。見て、聴いて、嗅ぐ、それが田の情景というものである。収穫するまで田をどのような気持ちで日々見ているかがよくうかがわれよう。

そのような田を中心とする生活が収穫後には一変する。

田の水は池にもどりて後の月　越中　友月　七

一抹の寂しさが漂う、収穫後を詠んだ句である。池に映る「後の月」は九月十三夜の月である。

【蚊帳（かや）】

春の「啓蟄」というとまだわずかなものだが、夏には多くの虫が出てくる。その中には人にとって迷惑なものも少なからずいる。その代表は蚊であろう。

一つでも耳はゆるさぬ初蚊かな　越中　賞月　三一

俳句の世界では初物は賞翫されることが多いのだが、蚊は例外である。その飛ぶ音は特有なものであるため、このような俳句が詠まれる。「耳はゆるさぬ」といった大げさな滑稽味ある表現が、どこか明るくてよい。

手を叩き叩き昼の蚊逃がしけり　山中　霞暁　二七

蚊は害虫ゆゑに存在に気がつけば叩きつぶされる。しかし、蚊も生き残るために逃げる。今日のような殺虫剤が亡かった時代、蚊を追うさまは日常的に見られた光景である。「夜」であれば多少静かにといったところだが、「昼」としたことによって、ばたばたした感じがし、この俳句も滑稽味がある。

秋の蚊や寝ている人の酒臭き　鶴来　露泣　二九

蚊は酒臭い人に食いつく。秋になり涼しくなると蚊の活動もおさまるのだが、それでも酒臭さいために寄ってきたことを詠んでいる。これも滑稽味があるが、「秋」とすることで淋しさをともなう。

夏の必需品は蚊帳であった。

かり蚊帳や釣直しても中だるみ　能登　碁峰　三一

蚊帳を買うのではなく、借り、それが中だるみしてしまう狭い部屋に住む人は少なからずいたと思われる。

「東海道四谷怪談」で民谷伊右衛門が妻お岩から「蚊帳」をとりあげる場面がある。お岩が乳飲み子のために取り上げないでください、と懇願しても、それをむげにする伊右衛門の非道さが演じられる。蚊に食われないで、やすらかに眠るために絶対に必要なものであった。

蚊の声やひとり寝る子の枕元　河北　月湖　二九

子の枕元で、蚊が飛んでいることを詠んだだけではなく、言外にそれを追い払う親を想像させる俳句である。今では赤ちゃん用の蚊帳が売っているが明治にはまだない。

そっと出て子の顔覗く蚊帳哉　河北　月湖　六五

子の寝顔外から覗く蚊帳哉　森下　仙岳　四

は、子が寝付くまで一緒に蚊帳に入っていたが、子が眠ると親は子が目を覚まさぬように蚊帳をそっと出て行き、様子を確認する仕草が詠まれている。そこには子への愛情あるまなざしがある。なお福田俳句同好会編『俳人はぎ女』(２００５年、桂書房)によれば、同じ頃に活動した富山県高岡市の女流俳人澤田はぎも

子の寝顔折々覗く蚊帳かな

と詠じている。こうした類想は、文芸としては個性的でないと批判されようが、当時の誰もがしていたことを伝えてくれる。はぎは旧派ではないが、旧派の俳句は普段着の生活の有様をよくうかがわせてくれる。

さて、蚊帳は昭和の中期ぐらいまではまだ使用されていたし、テレビドラマやコント、漫画にもしばしば登場していた。今でも通販などで売られているが、網戸の普及もあって、一般には博物館等で見るものになっている。

寝心や蚊帳いっぱいの松の影　**越中　慶哉**　三

この俳句についていては、四号で萎文が解釈をしており、外には月がでており、そのため松の影がさすとしている。そうかもしれないが、蚊帳は、古くは暑苦しそうな麻色で

あったが、江戸時代初期に売り出された蚊帳が萌葱色の網に紅布の縁取りをしたものであり、それがよく売れて定着していったとされる。すなわち明治に蚊帳は萌葱色、松と同じような色だったのである。それを軽妙に詠んだのではなかろうか。

【納涼】

その昔、兼好法師は「夏を考えて家を作れ」といったが、確かにエアコンなどがなかった時代の夏はつらかったであろう。涼しさを求める「納涼」の俳句は少なくない。

簾釣る日から涼しさ覚えけり　輪島　此峰　五

今でも暑い日差しを避けるために、窓に簾がつるされることは珍しくない。

寝る用意して誘はるゝ納涼かな　津幡　仲林　三

涼しくなった夕方に納涼に誘われるのだが、帰宅してすぐ寝られるようにしておくというところが庶民的でほほえましい。

飼い犬もつれて来たりし納涼かな　山中　朝陽　四

自分だけでなく、飼い犬もどうしようもなく暑いという様子なので連れてきたというのである。まわりの人は、わざわざ犬を連れてこなくてもと思ったかもしれないが、飼い犬が愛犬で、ペットへのやさしい気持ちがよくあらわれた俳句である。
越登賀とは直接関係ないのだが、『俳諧白嶺集』八号（明治三八年一一月）に次の俳句が載る。

伊勢参りする犬おくる花野かな　金石　器水　八

江戸時代、犬も伊勢参りした。仁科邦男『犬の伊勢参り』（2013年、平凡社新書）に拠れば、最後の犬の伊勢参りは明治七年のことである。「伊勢参り」に関しては

旅ながら伊勢とは嬉しけさの春　輪島　梧風　四

という句があり、江戸時代に引き続き明治も、伊勢参りをする越登賀の人は少なからずいたものと思われる。器水の句は、実際に伊勢参りの犬がいたのか、「伊勢参り」は春の季語なので、花野を行く犬を「伊勢参り」と表現しただけなのかはわからない。後者の場合、春になり、花野で犬が嬉々としてはしゃいでいるさまが想像される。いずれにしても、明治に犬の伊勢参りが詠じられたとは興味深い限りである。

【橋】

橋の上は、水の上であり、風が通り、川の匂いがし、しかも水の音が聞こえるなどして、納涼にふさわしい、しかもひときわ美しい場所であった。水の音は

涼しさや鈴ふる様な水の音　　山中　吟花　六

と詠まれている。いかにも山中温泉の人の句らしい。江戸時代には、浮世絵にも橋の上の納涼はよく画かれ、それは近代でも変わらなかったようである。

夕立の残してゆくや橋の上　　越中　可水　四

夕立は涼しさをもたらす。橋の上の涼しさを「夕立の残す」としたところがうまい。

涼しさや重荷おろして橋の上　　越中　氷海　五

夏の暑さの中、重荷を背負って働く者が、橋を渡ろうとして、ふとその涼しさに気づいて、荷をおろして休息する光景である。自身のことを詠んだとも読めるが、その光景を見て俳句にしたと考えた方が絵画的でよいと思われる。その場合、俳人のまなざしにはどのような感情があったのだろう。ビジネス社会では「休んでないで働け」と

なるのかもしれないが、明治俳句の世界では「がんばってください」といった「いたわり」である。

橋涼し一人戻れば一人来る　能美　紅汀　二九

多くの人が、出たり入ったりしながら涼んでいる様である。いかに納涼スポットであったかがおわかりいただけよう。

月よしとつい橋へ来て涼みかな　小松　千峰　二七

橋は月を観るところでもあった。

人影のせぬ橋はなし夏の月　石川　歌光　五

と、納涼と月見をかねて人が集まる場所である。

たなばたや橋に集まる人の数　能美　文濤　二九

七夕の時期も同様で、星空を眺めに人が集まる。そして

人去りて月見る橋となりにけり　越中　蒼峰　七

これは秋の月と考えられる。人がいるうちは話をしているので、じっくりと月見ができるのは人が去ってからである。橋の上が社交場になっていたことがうかがわれよう。

ところで、東京では隅田川の花火がよく知られ、橋の上で花火を見物するところを描いた浮世絵が多く残っている。

宵闇の空にときめく花火かな　　能美　文濤　六

と花火が打ち上げられたことは疑いない。今は花火大会がいろいろな場所で催されるが、かつて越登賀ではどこが有名であったのだろうか。いずれにしても多くの人が楽しみにしていたようである。

打ちあげた花火やあかぬ口いくつ　　越中　一葉　五

口をあけて見上げる人の多さを詠んだ俳句である。花火よりも、花火を見ている人のさまを興じている。いつの時代にもこうした人はいるものである。

【蛍】

「おわら風の盆」で知られる越中八尾は、明治時代には紙漉きで有名で、冬の農家の仕事であった。富山の売薬業にとって必需品であった薬袋などの紙が生産されている。紙は、楮や雁皮などの皮を川にさらす、大釜で煮る、漉くなどの作業を経て製品とな

る。次の俳句は金沢の甫立の詠なので、八尾のことをさしているかわからないが、

雁皮にも富める里なり飛ぶほたる　金沢　甫立　二七

とある。紙漉きのことにはふれられていないが、「雁皮」からそれがわかり、綺麗な水が豊富なこともわかる。だから蛍が飛ぶのである。少し奥行きのある詠みぶりが、俳句宗匠らしい。むろん蛍は蠅などと異なり鑑賞する虫である。

先にも述べたが、初物というだけで珍重される。

草むらを少し離れてはつ蛍　越中　蓼汀　二七

初めての蛍も例外ではなく、特に賞翫された。

はつ蛍団扇にそへてくれにけり　金沢　村夫　二六

はなはだわかりやすい俳句であるが、誰が誰にくれたかで印象が異なろう。大人の雰囲気が漂う句のように思う。

お移りの紙にひねりし蛍かな　金沢　臥月　二六

物をもらったとき、返礼としてその容器に入れて返す紙を「移紙（うつりがみ）」という。それにそっと包んでくれたのである。ひねりつぶしたのではない。この繊細さは

女性がくれたととりたい。

誘はれた子の手を引きて蛍狩り　越中　対岳　三九

子供にせがまれて蛍狩りをする、ほほえましい親と子、あるいは祖父母と孫を詠んだ俳句は少なくない。〔図9〕

追いすぎてうしろに光る蛍かな　山中　豊秋　七

何の技巧もない俳句ではあるが、「うしろに光る」は、蛍狩りをしたことがあれば実感できることで、よく描写している。

男なら飛ばるる川や飛ほたる　越中　柳人　三

蛍が飛んでいる、それほど川幅のないところで、男なら飛び越えられるはずだというのである。小さい男の子にいって、その勇気を奮い立たせているともとれるが、一緒に来たのが女性で、「男なら簡単に飛び越えられるのだが、女だからできない」と、連れの女性のことが詠まれたとする方が、物語がある。

顔かくす乙女もあるや蛍がり　能登　稲月　七二

という句があるが、これは

恋知らぬ子も顔かくす踊りかな　山中　紫陽　六二

と合わせて読めば、「顔かくす乙女」は「恋」と結びつく。四号に掲載された連句「新竹の巻」に「蛍狩り恋の罠とは気のつかず」という付句もある。

蛍見や二人通れぬ橋の幅　能登　蕨洲　二六

これも男女二人連れととった方が浪漫があろう。

V　秋

【那谷寺】

「加州第一の名勝」ともいわれた那谷寺は奇石の観光名所である。

那谷寺にて

風蘭やあふげばたかき屏風岩　下総　梅隣　七五

と、この寺を訪れた観光客の句もある。しかし、かつてはまずは紅葉の名所として知られていた。

那谷寺や屋根もとびらも皆紅葉　能登　碁峰　三一

俳句の出来映えとしてはいかがなものかと思われるが、紅葉の盛りに訪れたことがある方なら十分に納得できる光景であろう。明治三八年、萎文が「紅葉狩」に訪れたおりの小文が『俳諧白嶺集』八号に載る。

時雨月十日といふに、暁起して空を望めば、曙光燦然、宵の雨の跡方なし。いざ那谷の紅葉見んと招鶯を誘ひ、手を引きて、汽車に乗り、動橋駅に下りて、人車を傭ひ、那谷寺に到る。（中略）翁の碑前なる床几をかり、行厨を開く。終に瓢箪空しく成りたれば、緩歩粟津温泉嘉宮に来て宿る。（後略）

今なら日帰りだろうが、粟津温泉に一泊する、小旅行だった。そのおりに詠まれた一〇句は、地域の記憶になるので以下にあげておく。

美川の港口

白浪の中へおちけり冬の川　萎文

小舞了

うつくしや波に浮き立つ冬日和　招鶯

いつはあれど小春の空の白嶺哉　萎文

久しぶりこすよ小春のいぶり橋　招鶯

分校村途中

稲垣のあわい洩る日の寒さかな　萎文

那谷寺に遊ぶ三句

右ひだり紅葉なりけり人の声　招鶯

てり込んで巌もとほすもみぢ哉　萎文

鰐口をうてばこぼるゝ紅葉かな　仝

粟津嘉宮に宿りて

冬しらぬ寝覚めなりけり湯の煖り　仝

今江へ出る途次

茶の花や馬車駈けさせる二等道　仝

いずれも難解な句ではあるまい。個人的は「稲垣の」がよいと思う。稲垣の間から漏れる光は確かに寒々しくも、興じるにふさわしい美しさがある。

萎文は翌年にも訪れている。『俳諧白嶺集』二二号（明治三九年一二月）に以下のごとくある。

○壇主萎文那谷観楓のお土産譚を本巻に申し上げん事を約せしが、さて出て見て

も句が出来ず、二三左に貴評を希ふ

汽車眺望

眠りても白嶺はたかし雲のうへ

小舞子松原

此所だけは色の替らぬ時雨かな

那谷寺二句

汲みて出す茶にも色なき紅葉かな

あたまから晩鐘をつくもみぢ哉

帰路手取川

千鳥暮れて蛇籠のなみの白さかな

「白嶺」「色の替らぬ」「色なき」「白さ」と、色を通題としていたような俳句群である。最後の「蛇籠のなみ」は上手な比喩と思う。

このように、花はどこそこ、紅葉はどこそことといって遊びに行くことを、恒例行事にしてしまうのが当時の人であった。それは知り合いと集ったり、知り合いとたまたまあって言葉を交わす場であった。

【案山子（かかし）】

日露戦争のおり、

凱旋の秋や賑はふ春の唄　能登　湖月　六

といった俳句は多く詠まれた（後掲「時事ほか」参照）。次は日露戦争に勝利した明治三八年秋の俳句である。

横文字の笠も時世の案山子哉　山中　小槌　五

この句の「横文字」は外国語を意味し、「時世」は日露戦争が行われたということを意味する。案山子は

かれこれと男にしたる案山子哉　越中　秀穂　七七

が示すように、性別は「男」である。

倭（やまと）ぶり見ゆれ案山子の矢先にも　輪島　可鳩　九

案山子は、もともと雀などに田畑をあらされないために立てられたものである。

見ゆる田を独り受け持つ案山子哉　越中　南甫　四二

雀などが恐れ、雀などを追い払うという意味を込めて、弓と矢を持たせることが多かった。可鳩の句は、その「矢先」にも「倭ぶり」が見えるというのである。「見ゆる田」が守備範囲であれば「倭ぶり」である必要はない。日露戦争を意識して詠まれたものであろう。時代の雰囲気が如実に出ている。これも案山子が身近にあるからで、都会の人とは違う句作がなされたのである。

偏屈に出来てをかしき案山子哉　富山　松花　三一

上段に構へて見ゆる案山子かな　石川　碧朗　六

と、その姿形を詠むことが多い。松花はその不格好を「偏屈」とし、碧朗は剣術の上段に構えた姿に似ているとし、いずれもその姿を興じている。これに自然を加えて詠むと風趣あるものとなる。

案山子老いていよいよ秋は寂にけり　能登　旭石　六

案山子が、収穫が終わるころにはボロボロになっている。それを「老いて」と擬人化したところがうまい。秋は寂しいものとして詠むものだが、その寂しさを実感させる光景で、想像上のものとは思いがたい。実景を興じたものであろう。

たつ案山子うしろに寒き流れかな　越中　対岳　二三

夏には涼しさをもたらす川も、冬が近づけば寒さをもたらす。季節の推移とともに、その役目を終える案山子を詠んだものである。

骨か粉となる日まで立つ案山子哉　河北　月湖　六五

寂しい句であるが、その役目を果たす案山子に神々しさを感じて詠んだものであろうし、自己を投影させているのかもしれない。また先に述べたような時代であったことを考えてしまうのはうがち過ぎだろうか。対岳の句にしても月湖の句にしても、あえて「立つ」と表現したところに「含み」を感じる。

【柿】

秋は収穫期で果物も例外ではない。

はつ秋や果物店の釣りともし　越中　淮水　二九

と、店頭売りもなされた。その果物の一つ柿は、食べるだけでなく、その渋が渋紙などの塗料に使われるなど、用途が多かったのだが、『万葉集』に柿を詠んだ和歌はなく、その後の和歌に詠まれることは少ない。よく詠まれるようになったのは江戸時代の俳諧になってからである。すなわち柿は庶民的な果物であった。能登町柿生の柿八講祭・「神道柿」、かほく市の「紋平柿」などなど、越登賀の柿は豊富である。また柿を加工した優れものも多く、能登志賀町の干し柿「ころ柿」や南砺市福光の「あんぽ柿」が有名である。今後が楽しみだが、小松市打木町の「干し柿の会」が特産化をはかっているそうである。柿が、現代になってから植えられ、身近なものになったのではなく、越登賀の歴史とともにあり、当然ながら明治時代もよく収穫された。

二つ三つはつなり柿や神の棚　**越中　竹道　六五**

やはり初物は神棚にささげるものであった。「つ」を三つ重ねたところが技巧である。

町に出る荷牛は柿のかます哉　**能登　雷止　七二**

「かます」は荷袋のことで、収穫された柿を町に売りに行くさまである。

さて、柿の木の先端に柿の実を一つ二つ取り残しておくことがある。木守柿（こもりがき。きまもりがき）という。来年も実るようにとのまじない、害虫を食べてくれた鳥への御礼など、その理由は諸説ある。

木守りの柿のあかさや夕時雨　　能登　青壺　四四

二つ三つ鴉へ残す熟柿かな　　越中　渓水　四四

青壺の句は初冬の能登の農村の寂寞たる風景をあざやかに詠みあげたよい句と思う。渓水の句は平凡な句であるが、木守柿の目的を教えてくれるという点で注目される。

初霜や眼はひといろの釣し柿　　能登　無名　三一

柿は実を賞翫するときは甘さなどを、風景の俳句では、先の青壺の句のように、その色を詠むのがお約束である。吊し柿は白い粉をふく。それを初霜の白色としており、上手である。ところが

釣りてある串柿やせて秋のゆく　　鶴来　多逸　二八

は、色ではなく、干されて水分がなくなる様に着目している。干し柿になっていく過程を実際に見ている人の句である。決して暮らしやすいとはいえない冬になっていく中で、干し柿が出来上がるという喜びが裏に込められているのではないかと思う。

【菊】

幼い頃に菊人形の展示に祖母に連れられていったことが何度かある。今でも菊人形の展示は行われているし、駅などに鉢植えの立派な菊が置かれ、鑑賞されてもいる。しかし、近世、近代の資料をみていると、他に花はないのか、と思うほどに賞翫されている。菊は「幾久」に通じ、菊に置く露を綿に含ませて、それを飲むと長生きをするとされ、特に越登賀は、菊酒とかかわりが深い。

菊つくる人や菊見に余所歩行　能登　波月　四二

自分の家で菊を作る人が、他の家の菊がどうなっているか気になって、様子を見に行くさまを詠んだ。人間の本質をついた面白みがある句である。

菊咲きてきのふの事を忘れけり　能登　素英　九

昨日あったいやな事を忘れさせてくれるのが菊の花であった。

来た人も譲（ゆず）る座もなし菊の庭　大聖寺　鶯春　四一

立派な菊花が咲くと、多くの人が見に来た。その人達は庭に置かれた縁台などに座って鑑賞するのだが、多くの人が来る。それほどの菊を育てた他家の様子を詠じたとするよりは、自身自慢の句ととりたい。

娘見に来て菊ほめて戻りけり　輪島　雪洲　六

この俳句は、自然を切り取ったものではなく、物語性がある。おそらく縁談が話題になる年齢の娘がいて、その娘の様子を、菊花の観賞にかこつけて見に来たが、娘については何も言わず、菊花を誉めて帰ったというのである。菊を娘に見立てて誉めたとすべきか、コメントを差し控えたいような娘とすべきか。蔦廼屋俳壇の俳句としてみるならば前者であろう。血気盛んな若者ではなく、ゆとりとか含みのある大人たちである。なお、かつてお見合いは、女性には知らされず、花見で偶然あったかのように設定される。娘を見に来た人とは、そうした人であったかもしれない。

さて五節句は、七草の節句（一月七日）、桃の節句（三月三日）、菖蒲の節句（五月五日）、笹の節句（七月七日）と植物名を付した異名がある。九月九日の重陽の節句は「菊の節句」といい、今では三月三日の雛と違って知られていないが、「後の雛」（「菊の雛」「秋の雛」）を飾った。

おさまりし秋のすがたや菊の雛　鶴来　多逸　三一

旧暦九月九日は、今の一〇月半ばである。その数週間後、冬になって咲く菊をすべて「寒菊」といい、また特定の菊をもいう。「霜見草」ともいわれる。

寒菊のさめぬ色香や日の温み　金沢　一翠　九

右の俳句の寒菊は、「日の温み」とあることから、太陽の色である「こがねぬき」(霜見草)のことか。

「菊」で忘れてならないのが皇室である。明治天皇の誕生日は嘉永五年(1852)九月二二日である。太陽暦では一一月三日になる。後の「文化の日」である。天皇の誕生日は、明治元年から「天長節」と称された。菊の節句が旧暦の九月九日、明治天皇の誕生日が九月二二日、皇室の御紋が菊となれば、「天長節」を詠じた俳句には菊が詠み込まれるのは必然である。『俳諧白嶺集』に載る明治四〇年の「天長節」の俳句三句を以下にあげる。

忘られぬ今日のいはひや菊の花　越中　対岳　三一

仰ぎ見る薫りは高し菊の花　越中　渓水　三一

天長節菊花かざしてうたひけり　能登　布村　三一

特に説明を加えるまでもない、わかりやすい俳句である。

VI　時事他

【日露戦争】

昭和一二年に日本と中国の戦いが始まる。その時に、戦争は俳句になるかなど、戦争俳句が山口誓子、中村草田男など俳人の間で論議された。このようなことが特に論議されることなく、日清戦争、日露戦争のおりには膨大な数の戦争俳句が詠まれた。「軍国多事の際産声を発した」『俳諧白嶺集』には、三号に日本海でロシアのバルチック艦隊を打ち破ったことを詠じた

波艦隊全滅

一声であと方もなし時鳥　　金沢　得庵

＊波艦隊…バルチック艦隊

の句のほか七句が、また四号には八句が掲載されている。五号には七句載る。また八号にも関連した七句が載る。

一号には「戦地よりの便り」として以下のごとくある。

奉天陥落の頃

はつ雷やまだ鉄嶺は雪げしき

鉄嶺占領

日の筋におそれて雁の帰りけり

梅は雪間をわけて春の魁をなすが故に花の兄と号く。我が第九師団も又各師団を分けて突進し、露軍を敗り、偉勲赫々たり。軍の兄とも称せべけれ。予も其の一人として倶に光栄を荷ふうれしさに

余所は未だ見る枝もなし梅の花

四月五日　新城堡にて　安東眉石

眉石の句は、この他一号に

満州の露軍

露の名と消えてはかなし冬木立　出征　眉石

が載り、さらに後に眉石は戦地で詠じた俳句を連載することになる。

旅順陥落の報を聞きて

はればれし軍の勝の初便り　山中　酔月　一

同じく一号に掲載された

春風や旭の旗なびく四つの海　山中　紫明　一

も戦争俳句とみなしてよいだろう。このような俳句を詠む時代であった。招鶯は

五月三十日、波艦隊全滅の公報を聞きて、勇み進む折から朋友草波子来りて、けふの紀念に旅して遊ばんと言ひけるにぞ、よき思ひ付きよと直ちに賛成し

和倉温泉に向っている。二号に掲載された小品「和倉日記」はそのおりのものである。戦勝に高揚した気持ちから祝宴をあげるというのは、スポーツの世界にとどまっていることを比較すると、ひとまず平和である現代に生きていることを個人的にはつくづく幸せだと思う。

さて、直接戦闘に参加した総兵力は百万人を超える。召集された者に対しては

舎弟の補充隊へ召集せられたるに
わか竹の健気に力みかへりけり　　津幡　幡陵　四
と、その勇ましさを讃える。
征露の人に申送る
花苗も植て来たまへ新領地　　金沢　賢外　一
今ならこの老人の上から目線的な「来たまへ」は反感を買うだろうが、当時の長幼の関係はこのようなものであったと思われる。
二号には「記事」として次のようにある。
○出征眉石子、酔月子、いづれも満州に在りて無事の由
国民としては勝利を詠じる、個人との関係においては無事を俳人たちは願う。
遠征軍人の事を追想して
満州の空もなつかし時鳥　　能登　五松　三
「遠征軍人」とあるが、これも遠征にいったすべての人ではなく、知り合いを追想してのことであろう。

倅は征露の軍に従ひ満州に服務し居れば

かげ膳をかしらへすへる雑煮かな　能登　春路　一

他に季語がないので、「雑煮」は元旦に食べる、いわゆる「お雑煮」である。「陰膳」は不在の人が飢えないように留守宅で供えられる食事である。江戸時代にも

陰膳に火鉢を添えむ親心（昼礫）

と詠まれている。春路の句は、正月のお雑煮を食べる席で、まず満州にいる倅の分の陰膳が据えられるのである。戦争が終ると

陰膳のことしはいらぬ雑煮かな　越中　其花　二二

と詠まれる。戦死したから陰膳が不要なのではなく、無事に帰国できたととりたい。

酔月の句が二号に載る。

満州行軍中

行く先や日の旗なびく春の風　出征　酔月　二

決してのどかな春を過ごしているわけではあるまい。きびしい日々や現実もあるだろう。しかし、戦地から故郷に送る句は、このように安心感を与えるものが多い。

もの丶ふに好まる丶支那の茄子哉　　出征　酔月　七

単なる現地報告とも捉えられるが、陰膳のことを知っていれば、食うに困っていないことを示し、故郷の人々に安心してもらいたい気持ちが籠められていよう。心情がいくばくかでも吐露されるものもある。

ふるさとの文ひもとくや秋の風　　出征　酔月　七

秋風の吹く頃に故郷からの手紙を読んだ、というだけではあるまい。言外に故郷の人々を思っている酔月がいる。決して当時は口に出すことの出来ない、故郷に帰りたい、という思いもあったかもしれない。

なつかしう思ふ故郷やけふの月　　出征　如無　七

「百人一首」の「天の原ふりさけみれば春日なる三笠の山に出し月かも」を踏まえているかも知れず、そうだとすればそれが技巧だが、文芸としては評価するまでもあるまい。あまりにもありのまま過ぎる。しかし、秋の月を見て故郷への思いを募らせ、それを俳句にする行為によって慰められる。精神を安定させ、生き延びて行く、という点で、俳句というものの存在が大切な人がいたことをあらためて思わせる。

三号には越中・月弓の一連の作を載せる。

征露首途浪花埠頭抜錨の時

左様ならと北の空見る寒さかな　出征　月弓

師団司令部の衛兵の折

をりをりは弾丸も飛びつくあられ哉　同

元日未明旅順なるH砲台へ攻め登りて

唐突に攻め入る山やはつ日影　同

一月二日旅順陥落せし時

嬉しさに初夢さへも結ばれず　同

鮑家崗子にて

馬叱る声あらあらし菫の野　同

向かう戦地の空は寒く、勝利は嬉しい。

平和克復

弓矢みな袋にいれて年忘れ　越中　袋渓

一〇

やすやすと田鶴の居眠る初日哉　　松任　鷗坡　一〇

雲晴れて光り輝く初日哉　　河北　仙岳　一〇

平和になれば、戦争状態から解放された大晦日を迎え、またさめでたい初日の出を拝むということになる。

凱旋

船の来る海に向かへる恵方哉　　鶴来　旭染　一〇

正月に向かう恵方も、勝利して軍艦が戻ってくる海の方角ということになる。［図10］

戦勝の結果ロシアから得たものが少ないと不満を持つ国民は多かった。

講和結果

桝とりて力おとしや今年米　　越中　芳塢　七

今年の収穫の米（戦勝品）を桝で謀ってみると少ないのでがっかりした、というのである。八号に掲載の連句「蒲団巻」には

樺太を半分やりし勝軍　　村尾

という付句がみられ、樺太については

樺太の境あらそふ吹雪かな　越中　氷海　八

とも詠まれている。

凱旋

鳴突きの竿羅（さおあみ）おもきもどり哉　鶴来　旭染　七

は、「おもき」は得たものが重いのか、足取りが重いのか。もどってきた彼らの話は家族が聞き入った。

凱旋のはなしに更す榾火かな　輪島　雪洲　八

勝利国には敵軍の捕虜がいる。

兼六公園に捕虜収容所をおけり

時なれや見馴ぬ人も花の庭　加賀　文濤　二

我兼六公園に捕虜を収む

名月や捕らはれ人も客の数　萎文　七

次に述べるように、萎文にとってただ公園といえば兼六園のことをさすほど、たいへん身近なものであった。「我が」にはそうした思いがあらわれている。そこの捕虜を、

月見の客とみなしているところに、萎文の「軽み」を感じる。なお

捕虜の解放

隼にけさゆるさるゝ小鳥かな　　鶴来　旭染　九

と、当然ながら捕虜は解放されている。

作者不明ながら、七号の「互評」に次の句が載る。

子の武運祈る外なし秋の暮

軍歌いふ子供も居らず秋の暮

前者は、秋のひと日の物憂い黄昏時、出征した息子のことを思う句であろう。後者は、日が暮れるまで軍歌を歌っていた子供達を思い浮かばせる。淋しい秋の夕暮れとの対比であるから、かなり賑やかであったと思う。子供が軍歌を歌う時代だったのである。

日露戦争での死傷者は二三七万余人とされる。

負傷軍人湯治

つはものゝいたみも癒て梅の花　　山中　不折　一

戦死者遺族

涙なり魂棚覗く膝の乳児　松任　虎岳　八

白玉山に遺骨を埋め有りし閉塞隊なる金沢出身海軍少佐向菊太郎君の厳君より得たる遺書の奥に

広瀬中佐が万分の一をあやかりて

梅か香を慕ひて咲しさくら哉　向少佐　九

「広瀬中佐」（武夫）は、日露戦争で、行方不明の杉野孫七兵を探す中、砲火を浴びて戦死、軍神としてたたえられた。明治三七年四月には『日露戦争実紀九編　軍神広瀬中将』が博文館から刊行されるなど、当時の人にとっては周知のことであった。

なお『俳諧白嶺集』第八号（明治三八年一一月）には次の広告がでている。

●戦捷紀念文学雑誌（休刊中の百生誌継承）

本会は日露戦役の大捷を永遠に銘刻せん為め、文学奨励の一助として毎月一回（二十日）機関雑誌を発刊す（中略）

加賀松任町字中町六十七番地　戦捷紀念文学雑誌発行所

『俳諧白嶺集』九号（明治三八年一二月）には、俳禅人「長崎三日観」が載り、戦後の長崎の様子を以下のように伝える。

聞く所によれば、近来、長崎の顧客は多く露西亜人にありて、同国人の第二の故郷ともいへる稲佐の如きも、開戦以来頓に寂莫を極めたりしが、平和克復の後は東洋艦隊の全滅にも拘はらず稍や色を直せしとぞ

露西亜人の稲佐に上る小春かな

『俳諧白嶺集』一二二号（明治四〇年二月）から一三二号まで、能美寺井の興風会の安東眉石の「出征記」の連載が載る。冒頭は

私の応召せしは明治三十七年四月十八日にて、出征せしは三十九年一月十一日なり。騎兵第九聯隊を出て金沢停車場を出発せし時

万歳のこゑにかすみの名残かな

とある。必ずしも毎日ではないが、句日記というべきもので、行く先々での句が書き留められ、今風にいえば貴重な日露戦争の「記憶遺産」である。淡々とした記述のなかには、日清戦争時の

予は廿七、八年の役第六旅団長の命により、遼陽街道上の敵情偵察にて清兵の包

囲する所となり、愛馬は敵弾に斃れ、身一人途歩抜刀、辛うじて敵手を免れ、海城に引き揚げし

といった記述もあり、戦場の恐怖が想像される。

【兼六園】

かつて平安京にいた公家たちは、山といえば「比叡山」を想い浮かべたが、金沢の人は、今でも「公園」といえば「兼六園」を意味するのだろうか。兼六園の歴史については、長山直治『兼六園を読み解く　その歴史と利用』（2006年、桂書房）などがあるが、『俳諧白嶺集』一、二、四、七、八号に掲載された「公園」などは特に注目されてこなかったのは残念である。一号に掲載された冒頭箇所は

爰に公園の誌をものせんとするは、遠く天下墨客の探勝を促し、以て其の吟詠を聞かんと欲するが為也。抑も我が金沢の地たる北隅に僻在し、交通の便を欠きしが故に、多く人口に膾炙することなかりしも、今や鉄路の走るあれば、能く数日にして往復するを得べし。皇国公園の数乏しからずといへども、兼六園の如きも

の未だ曾て見ざる処なり。是懐郷の讃辞に非ず。若し一見の士に問はゞ春宵一刻の価幾何といはん（後略）

である。来訪をうながし、微々たるものかも知れないが観光に貢献している。

蔦廼家俳壇の俳人たちは公園が好きであった。おそらく明治二八年のことであろう、四月九日、竹窩、北江、萎文、臥月、招鶯の五人が公園で花見をしながら、連句を巻いた。招鶯は「花見」としてまとめ一号に載せた。

四月九日午後、竹窩子より電話にて、公園の桜花色めきたり。日和も宜しければ、いざ杖を共にせん、と促がさる。○出嫌ひも花にときけば二言なし、といへる句の如く、我は直様只緋桜の如くなりて内を出、兼六園をあちこち駈け回るうち、瀧桜の如き白髭を乱して来るは萎文宗匠なり。共に逍遙して日本武尊の銅像のうしろ一丸亭といふ茶店に入れば、児桜の如くひとり床机に憩へるは竹窩子なり。人丸桜の如き帽子を冠たる北江子、有明桜の名に似たる臥月子、天狗渓名士達、花と鼻との丈競べ、いざ一巻と北江子が音頭につれ、笠置連歌ぞ始まりける

連待ちて居る間は寒き桜かな　　竹窩

（中略）

かく満尾せり。五弁の花見んと五人の客打ちよりつ、桜餅、桜鰔、桜鯛、桜鰻、桜海苔を肴とし、朝日に匂ふ山桜、花の武徳酒を十分酌み、五つの道を忘れず、五つの家路に帰る事しかり。

春の公園で楽しむのは桜であった。多くの詠句が収録されている。

夏は燕子花である。

　　公園霞ヶ池

池清し松をかざしの燕子花　　在金沢　亀汀　三

秋は紅葉である。

　　公園無塵庵にて

池の辺り眼のだるうなる紅葉かな　　金沢　得庵　一

金沢の人の俳句であれば、公園は兼六園であろうと推測できるが、では次の俳句はどうか。

公園

田に足らぬ水さへ来るや燕子花　小松　曲池　三八

水不足のおりにも水が涸れにくいので兼六園のことを詠んだものかと思われるが、小松にも公園がある。

小松公園

偲ばる丶七重の濠や蓮のはな　小松　一松　六一

これは今の芦城公園のことであろう。

なお金沢を訪れた俳人は兼六園を必ずといってよいほど訪れ、俳句を詠じる。

金城霊沢

蚊も蜂も来て嘯寒し山の水　越中　秀穂　六

ここでは引用しないが、金沢霊沢碑については七号掲載の「公園」に説明が載る。

金沢兼六公園にて

百万の富に冬なし松檜　越前　其流　二一

今の俳人には受け入れられないであろうが、このような褒め方は常套的に使われた。芸術性は低いかもしれないが、旧派等の、昔からの俳句に親しんだ人にとって、挨拶句は重要な位置をしめ、常套的であることが大切であった。

兼六園に遊びて

見様こそかはれ今年も山桜　尾張　羽洲　二六

兼六園にて

瀧近う見えてひやつく新樹哉　大坂　月人　二六

これは明治四〇年のことで、同年五月に刊行された『俳諧白嶺集』二五号に

○羽洲園羽洲宗匠は横田家追悼会畢りて後帰名ありたり

○大坂月人宗匠は能登見物旁去月当地へ来られ羽洲宗匠とともに帰坂せられたり

とある。なお同号に

○花の本聴秋宗匠は目下能登遊歴中にて近日金沢へ参られ候よし俳壇へ報知ありたり

とある。聴秋も、おそらく兼六園で俳句を詠じたものと思われる。

羽洲、月人、聴秋いずれも名の知られた宗匠であり、能登や金沢には多くの俳人が訪れている。

【山中温泉】

越登賀地方には少なからず温泉があり、大牧、粟津、山代、片山津、和倉などでの俳句が詠まれているが、ここでは萎文と特にかかわりの深く、今日では「芭蕉の館」も建てられている山中温泉をとりあげることにする。

山中温泉は芭蕉来訪もあってか近代になっても多くの俳人がおり、萎文とは親交をしていたようで、『俳諧白嶺集』には、山中温泉での俳句と、山中温泉の俳人の句がたくさん見られる。まずは、「此の名湯を世に知らせよと萎文宗匠の屡々申さるゝ侭」書かれた、焙芳の小文「菊の下露」(三三号。明治四一年一月刊)の一部をあげたい。

今は汽車馬車の便利もよく、鮮魚嘉肴は日々市に上り、土産の塗り物は遠く欧米の各地に輸出し殷賑を極むると雖も、奇勝は依然と容を改めずして墨客文士を待つが如し

山中温泉のよき宣伝文なっている。

山中五明館入浴中

二の腕のふとりめ撫でる長夜かな　越中　積哉　四三

温泉に入った人が、腕を撫でている様は、ごくありふれた光景だが、「二の腕のふとりめ撫でる」と詠んだ俳人はいないのではないか。

山中には「十景」とされる名勝があり、たとえば山中を代表する俳人霞暁は

山中十景の一

ねこ岩もねずみ色なり夕時雨　山中　霞暁　三二

と詠んでいる。「ねこ」が「ねずみ」になったというおかしみがある。霞暁ならばこそ、という句である。

薬師堂奉額

青葉若葉医者を頼まぬ在所哉　山中　不折　二

は「薬師堂」だから「医者を頼まぬ在所」としたところにおかしみがある。

夏痩せの絵葉書せゝる夜店かな　山中　小槌　四

少々意がとらえにくいが、絵葉書が夏痩せするとは考えがたいので、夏痩せをしたと書く絵葉書を、夜店であれこれ選んでもとめる、あるいは値切る、というのではない

か。山中の人の俳句であり、山中温泉では夜店で絵葉書が売っていたと捉えたい。山中温泉の夜店のことを詠んだ俳句は他に見当たらず、興味深い俳句である。

この他、山中の名所中の名所「蟋蟀橋」では

山中温泉蟋蟀橋

涸るゝ音しらぬ淵瀬や巌にはし　越中　芳塢　三二

と詠まれている。芳塢の俳句はまさに実景を言語化している。その一方で

山中蟋蟀橋

飛びさうな橋をかゝえる紅葉かな　輪島　桐栽　四

蟋蟀橋

朝寒や踏へる橋もなく心地　輪島　環州　七

と、二人の輪島の俳人は、橋の名をふまえて、「飛ぶ」「鳴く」と詠み込んだ点が軽妙である。温泉に来て気を緩ませ、俳句を楽しんで詠んでいるさまがうかがえる。

【名所】

古くから名所は和歌や俳句に詠まれた。和歌については長崎健他『越中の歌枕』（平成九年、桂書房）を御覧いただきたいが、明治俳句も少なからずある。残念ながらすべてをあげることはできないが、そのいくつかをあげる。

亀なくや紀念にのこる城の濠　越中　菊園　六二

どこの城とはないが、富山城のことであろう。今の富山城址公園周辺は明治以後大きく変遷していく。菊園の素性は不明だが、その変遷を見てきた人であろう。滝廉太郎（1879～1903）の「荒城の月」の「荒城」は富山城ではないか、とされることがあるが、事実はともかく、その趣きをこの俳句には感じる。

はつ空の色浸しけり雄神川　越中　氷海　一〇

越中は大伴家持が居た関係もあり、『万葉集』にちなむところが名所となることが多い。「雄神川」もそうで、現在の庄川とされる。家持が詠んだ

雄神川紅にほふ娘子ら葦付取ると瀬に立たすらし

は、雄神川があかく照り映えているのを、少女たちの紅色の裳裾のためとする。氷海の句もこの和歌に着想を得たのではないかと自分は想像している。

初神楽神通川にひびきけり　富山　愛　一〇

神通川は富山県を代表する川の一つである。どこの初神楽が聞こえてきたのであろうか。俳句に造詣があれば、芭蕉の「油断して行くな鵜坂の尻打祭」の句から鵜坂神社を連想するであろう。ただ明治に近所とはいえ神通川に聞こえるほどの初神楽が行われていたかはわからない。

太刀山の峰から晴て小春かな　越中　箕山　八

と詠まれている太刀山については、今さら取り上げるまでもないと思ったが、

故郷の山を名によぶ角力かな　越中　其骨　六

という俳句が詠まれている。今の石川県出身の相撲取りは、「輪島」といい「遠藤」といい、本名を「しこ名」にする者もいるが、それは珍しいことであった。其骨の俳句は、時期的にいって、太刀山峰右衛門のことを詠んだものであろう。富山市出身で、明治三六年に入幕、同四四年に横綱となっており、富山市吉作には立派な碑が建てられるほどの大横綱であった。今でも、『富山新聞』は富山県出身の、『北國新聞』は石川県出身の相撲取りの勝敗などを大きくとりあげるが、明治も郷土出身の力士への応

援はなみなみではなかったと思われる。背景には

国の名をみやこに挙げる角力哉　　能登　有洲　七七

とあるように、お国自慢となったからである。箕山の句にも、そうしたものを読み取りたい。

義経雨晴らしの松にて

岩とびとび一つ一つに秋の声　　越中　其山　二九

越登賀は、義経伝説が豊かである。その一つに「義経雨晴らし」があり、それに由来するのが富山県高岡市の雨晴海岸である。「日本の渚百選」の一つであり、多くの観光客が今も訪れる。海越しに見える立山の景は、まさに絶景である。

能登も多くの俳句が詠まれているのだが、能登金剛を代表する存在である巌門を詠んだものを一句あげる。

巌門のたかうなりたる汐干かな　　能登　莞笑　二五

越登賀は、源平の争乱にまつわる名所も少なくない。斎藤実盛の話は有名で、誇り高い武将で、老人と侮られるのがいやで白髪を黒く染めた。［図11］「実盛豆腐」なる

豆腐料理が考え出されるほどよく知られた話であった。討ち取られた後、その首を洗ったとされる池があり、

実盛首洗池

ふる池やかれ芦そよぐ音淋し　山中　暁嶺　四三

と詠まれている。またその遺体を葬ったとされるのが実盛塚で

実盛塚

木殺風も重し軽しや枝だれ松　山中　霞暁　四三

と詠まれている。現在も立派な松がはえている。

どちらも片山津温泉の近くにあり、少し足を伸ばしたりするなどして訪れた観光地であったようだ。一人で行くこともあったかもしれないが、今でいう吟行のつもりで、俳友と行ったのではあるまいか。

実盛といえば、その兜がおさめられている小松市の多太神社をあげないわけにはいくまい。「多太神社にて」として

泰平の御代やかぶとの土用干　小松　一松　六二

と詠まれている。「奥の細道」の旅で松尾芭蕉が訪れ、兜を見て句を詠じたことは周知であろう。谷口梨花は『汽車の窓から』（大正七年、博文館）で

片山津まで行つたならば、其近くの篠原に在る斎藤実盛の墓を弔ふことを忘れてはならぬ。（中略）篠原に実盛の墓を弔うた人は、こゝ（多太神社）に詣でて実盛の巻を終へねばならぬ。

と述べている。

【追悼】

萎文は、悲しい事をおのれ一人でとやかく思はんよりも、人に語ればいくらか悲しみは去り、という。俳句にはそうした一面がある。人の悲しみのうち、その最たるものの一つは「死」ではなかろうか。『俳諧白嶺集』には、

骨ひらふ火葬場暗き時雨かな　能登　柳門　七八

と、死の悲しみを詠んだ俳句が少なからず載る。

明治四五年七月三〇日、明治天皇が崩御される。翌月刊の『俳諧白嶺集』八六号は

表紙を黒色で印刷し、「諒闇奉悼」の俳句四二句をあげる。翌月の八七号は五五句をあげる。発行年は大正元年となるが、その中から九句を以下にあげる。

高かりし跡したはしや雲の峰　山中　不折　八六
日は雲に隠れたまふて夏寒し　越中　幸農　八六
陰たのむ木は枯れてこの暑さかな　能登　如石　八六
目に這入る汗や人口六千万　河北　月湖　八六
くらがりや蓮の香ばかり堆し　金沢　萎文　八六
空さへも淋しき秋を桐ひと葉　小松　竹夢　八七
秋立つやおほうち山の影さひし　能美　一瓢　八七
ひれ伏して仰ぐばかりや秋の空　金石　器水　八七
　十三日深夜兼六公園に至り遙かに御大葬を送拝し奉りて
墨染めの露やふらなん今日の空　金沢　萎文　八七

諒闇奉悼の俳句なので、比喩もわかりやすい。あえて説明を付すまでもあるまい。明治天皇の崩御と乃木希典の自死は結びつくものである。

乃木大将の殉死に驚きて

嗚呼秋ぞ弓矢を捨てて世を捨てて　金沢　招鶯　八七

個人的な見解であるが、乃木希典の殉死が明治の終わりを告げるものと考えている。明治天皇の崩御や乃木希典の殉死に対する悲しみは、いわば国民としてのものである。それとは異なり一個人として、その死が悲しいことがある。

俳友某子のみまかりけると聞きて

窓先にたつ幻や音あらし　加賀　文濤　三

我が家の窓に音をたてて強い風が吹きつける。俳友の死を聞いて私の心が荒れ果てていくことを示すようだ。また亡くなったあの人が幻となって窓先に立ち、窓をたたいている気がしする。きっとあの世へゆくにあたり挨拶に来た俳友某子に違いない。遠く離れた人が訪ねてきたが、後で聞くとその人は亡くなっていた、きっと挨拶に来たに違いない、といった話を、富山で何人もの人から聞いた。文濤の見た幻もそれか。

南楞君の小祥忌に

広しとて撫でる柱や夏座敷　松任　虎兵　五

小祥忌（一周忌）が行われた寺のことではなかろうか。前書がなければ、単に広い柱を撫でただけの俳句である。おそらく飴色柱であろう。しかし、前書があることによって、「広い柱だなぁ」と言って撫でながら、実は亡くなった人のことを思い浮かべているさまが詠まれていることがわかる。人は自然を何気に見て故人を思い浮かべるだけでなく、道具といった類に何気にふれながら思い出すこともあるものである。友人等が亡くなるのは悲しいが、家族の場合は、それ以上に悲しいことが多い。

昨秋祖母をおくり今秋妻にわかる

さらぬだに秋を重ぬるわかれ哉　能登　右衛門　三一

不幸が重なることがある。「さらぬだに」で初句切にして絶唱ととりたい。何もそういう運命でなくてもいいんではないか、と何かに向かって叫んでいるように思う。そういう状況で生き残った人に対して

右衛門兄の令閨の逝かれしを聞きて

きくたびに淋しき鹿や声のぬし　能登　六花堂　三二

と俳句を詠み送る。鹿の声は悲しいものとして和歌にも俳句にも詠まれる。妻に死な

れた人もその人を見ている人も悲しくさせるのが死である。

祖父の九十二歳にて永眠せられけるに

覚悟して居ても身にしむ嵐かな　　能美　自鳴　三一

九二歳の祖父であれば、その死は覚悟していたに違いない。しかし、実際は覚悟しきれておらず、その悲しみを「身にしむ嵐」で表現した。前掲の文濤の俳句も「あらし」が用いられていた。人の死による心の荒寥感は「嵐」なのであろう。

亡くなられた後には、葬儀や法事が続く。

慈母の遺骨を収めて

うき雲やあられたばしる膝の上　　越中　西湖　三二

「うき雲」の「うき」は「浮き」に「憂き」が掛けられ、涙を流すさまを「あられたばしる」と表現した。浮雲は死んだ母を思う心の比喩である。霰は大粒の涙である。空から霰が降るように、つらい自分は人目もはばからず大粒の涙をはげしく流している。膝の上とあるからは、遺骨を納めた墓の前で膝をついており、頭を垂れて泣いているのである。

亡母二七日新墓にぬかづきて
呼びたまふかと仰むけば秋の声　小松　曲池　七五

もの寂しい風の音などが亡き母の声に聞こえる、深い悲しみを味わった人ならばこうした「幻聴」を理解できるのではないか。

喪中
六七日の逮夜すませば落ち椿　金沢　竹窩　三六

周知のように、仏教では、亡くなった日から七日ごとに裁きを受け、七回目の七日（四十九日）に次に生まれ変わる世界が決まる。今では「六七日」すなわち四二日めに僧にお経をあげてもらうことはあまり行われていないようである。「逮夜（たいや）」はその前夜である。ここでは六七日の準備を前夜にして済ませたというのであろう。そういう時に見る椿はどのようなものなのだろう。亡くなった日には咲いていなかった椿が、今やすっかり落ちて、庭に散り敷いている、いろいろと忙しくそれに気がつかなかったという意であろうか。椿の花は、花全体が音を立てて落ちるとされることから、心の中で落ちるものと重ね合わせたと読むこともできようか。

母の日は一入（ひとしほ）暑し墓の蝉　加賀　鴻洲　五

墓のある寺には木々が生い茂り、蝉が鳴いている。それは夏の象徴であり、暑苦しいものだが、先の曲池の句や

母の永眠せられしに

何所見ても泣きたうなるや秋の暮　越中　西湖　三〇

亡父十三回忌と亡母一周忌を営みて

仰むけば空まで露の時雨けり　越中　西湖　四四

という俳句もある。鴻洲の句は、亡くなって何年過ぎようと悲しく、蝉も母を悼んで泣いているようである、と捉えたい。

【子供】

昔、アメリカの映画を観ていて、ごく普通の家庭での児童虐待が問題とされることが少なからずあり、酒・薬物中毒でもない親が子に暴力を振るうなど不思議なことがあると思っていた。単に自分が世間知らずなだけであったことは後に知ることになる。

児童に対する犯罪が、昔はなかったとはいわないが、明治の俳句において子供へのまなざしはやさしい。

安心な寝顔や紙鳶（たこ）をまくらもと　山中　小槌　三六

幼子が、枕もとに紙鳶を置いて、安心そうに寝ている姿はほほえましいし、その子を見ている親の幸せな感じも伝わってくる句である。泉鏡花によると、凧は自分で作るものであった。この俳句の凧は家族が作ってくれた、もしかしたら買ってもらった特別なものなのかもしれない。

藪入りに朝寝ゆるすや親ごゝろ　鶴来　多逸　九

今はめったに聞かないが、正月と盆の一六日前後に、奉公人が実家に帰ることを藪入りといった。半年ぶりに実家に帰ってきた子が、朝寝坊をしても咎めずに許してしまう親心をよく詠んでいる。

草餅や子持たぬ家の両隣　金沢　竹窩　三七

三月三日の雛祭りに草餅を供える習慣があった。両隣では楽しい雛祭りが行われているのに、子を持たない家のため、寂しい思いがひとしおである、というのである。

長閑さや縁に鶴折る姉いもと　越中　蒼峰　三六

今は縁側のある家も少なくなりつつあるが、春、長閑な日の当たる縁側は、家に居る者たちの憩いの空間であった。姉妹が折り紙で鶴を折っているさまは、たしかに長閑でよい。まして姉妹が仲の良いのは何よりだ。

負た子にもたせて行くや燕子花　山中　吟花　二

背なの子と七分三分の日傘から　越中　賞月　三〇

最近は子供を前に抱える親が多くなったが、かつては背負う親が多かった。躓いたりして前に倒れると子ども押しつぶすことがあるが、人は真後ろには倒れないからである。子ども背負っている様は、どこかなつかしい。背負われて見た光景が、なつかしく思われることをうたった童謡もある。

よその子を見ても楽しき端午哉　河北　月湖　三七

菖蒲太刀腰にや挿ん背にやせん　山中　霞渓　六二

先に雛祭りをとりあげたが、これは端午の節句である。今は子どもをじろじろみていると犯罪者と間違われることもあるが、端午の節句で兜をかぶったり、菖蒲刀を持ったりしてはしゃぐ様子は、見ていて楽しいものである。

また男子に比して女子にはやさしい。

夏川や小石を拾ふ女の子　金沢　指月　三

夏の川原で小石を拾っている女の子を、やさしく見ている大人の俳句である。その大人が、他人なのか親なのかは不明だが、些細なことに興じているところがよいと思う。

抱きあふた子を競へるや納涼台　越中　慶哉　二七

納涼のおりに抱いていった子供を自慢する親も、かわいい親といえよう。そのような親だから

罪のなき顔して児の午睡かな　越中　氷海　二六

子供の昼寝を見守る目もやさしげである。

秋知らぬ子の持ちあそぶ一葉かな　富山　松花　二九

秋になると、俳句を嗜む者であれば「一葉」は寂しさを感じるものだが、外で元気に遊びまわる子にとっては遊び道具の一つである。大人の常識にとらわれない子供の振る舞いは、時に新鮮で魅力的である。

尺とりに子供のきたる氷柱かな　山中　不折　一〇

軒先などに大きな氷柱ができることがある。それが大きかろうと小さかろうと、損得でいえばなんら関係ないのに、あれが大きい、あれが小さいなど、氷柱の長さをはかる子供たちを詠んだ句で、冬の寒さの中でも元気な子供の姿が思い浮かぶ。

初雪や子供のあとをいぬの追ふ　能登　可樵　二七

まるで童謡や絵本の世界だが、実際に見かける光景であったと思う。
滝廉太郎は七歳から約二年間富山で暮らし、「雪」「雪やこんこん」などは、冬の富山をイメージしたものといわれることがあるが、明治時代の旧派の俳句を見ていると、ありえなくもないかなと思えてくる。

雪散るや遊ぶ子供は風の子か　能登　莞笑　一〇

のように月なみな表現になるが、やはり子供は風の子である。先の句を詠んだ不折もほほえましく子供をみていたから句にしたので、子供がやってきてうるさいといったことではあるまい。

【老人】

明治俳句に詠まれた老夫婦の俳句を読むと心があたたかくなる事が多い。昔話に出てくるおじいさん、おばあさんの姿があるからか。作者は不明だが三一号「互評」に

炭売りと長き馴染みや老夫婦

などは、夫婦の「共白髪（ともしらが）」の人生が感じられるだけでなく、今は老いた炭売りとの年月も感じさせ、しみじみとした時の流れをも感じさせる。

台風などで川が氾濫するようなとき、痛ましいニュースとして流されるのが、田や畑の様子などを見に行った老人が流されるなどして、お亡くなりになる事件である。それに比較すれば実に温和なことだが、

春の水杖なぶりして流しけり　越中　箕山　一

は、氷がとけて流れるようになった春の川の水を、杖で突いたり、かき回したりしているうちに、杖を流してしまった老人の俳句である。

雪解けや杖でつくりし庭の川　石川　多逸　八

どうやら杖をつく老人というものはこのような性癖があるらしい。よく子供が傘の先や棒先でこのようなことをするが、子どもじみた振る舞いをして、時に失敗をするところが、かわいい老人といえようか。ちなみに四二号掲載「松の花両吟」で萎文は「古稀過ぎて子供の様に成れけり」と詠んでいる。

越中の羅叟は明治四一年の時雨会から帰庵して寝ると、芭蕉の夢を見て

心せよ転ばぬ先の雪の杖

という句をたまわる（四四号「句をたまふ「夢」を見る」）。

転ばじと答へて雪にころびけり　能登　梧友　四四

「転ばないように気をつけてね」と声をかけられ、「転ばない」と答えたが、転んでしまった、ちょっとした失敗を詠んだ俳句である。若者に注意はしないし、子供が「転ばじ」といった返答はしないだろうから、これは老人のものと思われる。今風にいえば自虐ネタで笑いをとるような俳句であり、どこか子供じみている。俳句にしてしまうぐらいだから、「転ばじ」とは「転ばないように注意するよ」といった感じで答えたのだろう。病院でときおり見かけるのだが、注意された老人が「うるさい」と怒鳴る

様はささくれだっている。そうではなくてほほえましい関係があったとみたい。

榾たいて今日も舌切り雀かな　河北　常寂坊　二三

冬、外で遊べない状況で、榾を燃やした囲炉裏のもとで、今日も童話「舌切り雀」を孫に話す祖父母であろう。ちなみに「子供教育」「教育昔噺」「教育画噺」といったシリーズが出ていた時代で、その中の一冊であったと思われる。こうしたものを御覧になられたい方は、金沢市立近世史料館に数点所蔵されているので、いらっしゃるとよろしいかと。

五月雨の夜や妖怪の物語　山中　華鈴　三

五月雨（さみだれ）のころの夜は暗いので、五月闇ともいわれる。その闇にふさわしいものとして妖怪の物語がなされる。夜のことなので、大人同士の余興とも捉えられるが、子供も加わっていたのではないかと思い、ここにあげた。

これまでも祖父母と孫との、ほんわりとする関係の俳句をあげたが、簡単には写真に残せなかった時代、祖父母にとって俳句は、ある種の記憶遺産ではなかったかと、つくづく思う。

おわりに

『俳諧白嶺集』に次の俳句が載っています。

息災に藁うつ音や梅の花　　能登　梅郊　二三

梅の花が咲く頃、藁を打つ音が聞こえるが、その音の様子から元気でいることがわかるというのです。気付かれないようにする気遣いや、救いをもとめなくても気付いてもらえる人と人とのつながり、これも「原風景」というべきものでしょう。

現代では、こうしたことを「余計なお世話だ」として否定される方もおられるでしょうが、高齢者を見守る、犯罪をなくす、といったことを目的とした地域作りを取りあげた新聞記事を見ますと、地域の原風景の共有に拠るつながりよって、思いやり有る、信頼ある人間関係を育むことも、その方法の一つなのかと思ったりします。

およそ八〇年前に刊行された瀧春一『現代俳句の添削と指導』（１９４０年、交蘭社）に「療養生活者の俳句」の節があり、その五〇年後の一九九〇年には徳田良仁監修『俳句・連句療法』（創元社）が編まれます。そうしたものの延長線上に、俳句における「原風景」が、超高齢社会における認知症予防の一方法である「回想法」に利用できるのではないかと考えています。たとえば

只居ても気の落ちつかぬ師走かな　越中　袋渓　三

という句が『俳諧白嶺集』に載ります。また大正時代にお生まれになった料理研究家の辰巳芳子氏が、

暮れになると、お商売をなさっている方は申すまでもなく、事の少ない方でも、何かそわそわと落ち着かぬ気になるものです。

とお書きになられています（「歳暮の滋味」『図書』八四〇号、２０１８年12月）。「師走の雰囲気」は「落ち着かない」ものというのが日本人の原風景といってよいかと思います。

ですから、袋渓の句のようなものを複数お読みいただいて、年の暮れについて思い

出してお語りいただくと、多くのご高齢の方に共通の話題がのぼり、お話ももりあがり、効果的な「回想」ができるかと思います。かつて筑波大学の溝上智恵子教授、呑海さおり教授と、神奈川県川崎市立宮前図書館で「思い出し俳句」の講演をしたことがありました。その時に、筑波大学知的コミュニティ基盤研究センターで、『「思い出し俳句」読本』（２０１７年）も作成しました。なかなか好評であったようです。

本書は、明治時代だけでも百号近くまで刊行された『俳諧白嶺集』所載の膨大な数の俳句等から、いくつかのテーマで拾ったに過ぎませんが、ささやかでも地域の信頼あるつながりの育みや、越登賀の方々の脳の活性化に役立てば嬉しく存じます。

末尾ながら、桂書房の勝山敏一社長はむろん、日頃ご厚情をたまわっています越島靖子氏、そして『俳諧白嶺集』をはじめ多くの資料の便宜をおはかりいただいています小笠泰一氏に深甚の謝意を示します。

お開きの平ら成る年の梅かおるよき日

綿抜豊昭

参考図

1 『俳諧白嶺集』二号表紙（白山と黒百合）
2 北江画「萎文像・辞世」（『俳諧白嶺集』一〇八号掲載）
3 芭蕉木像
4 恵比須・大黒絵の引き札（金沢市／川合商行）
5 煤払いの図
6 さらさら越の図＊『佐々成政物語』（1996年、桂書房）より転載
7 初夢の図＊『聚玉百人一首』（1998年、桂書房）より転載
8 書き初めの図＊『百人一首集Ⅱ』（2012年、桂書房）より転載
9 「山中温泉かつら清水のほたる」
10 文部省編纂『凱旋』表紙
11 斎藤実盛の図＊『佐々成政物語』（前掲）より転載

1 『俳諧白嶺集』二号表紙

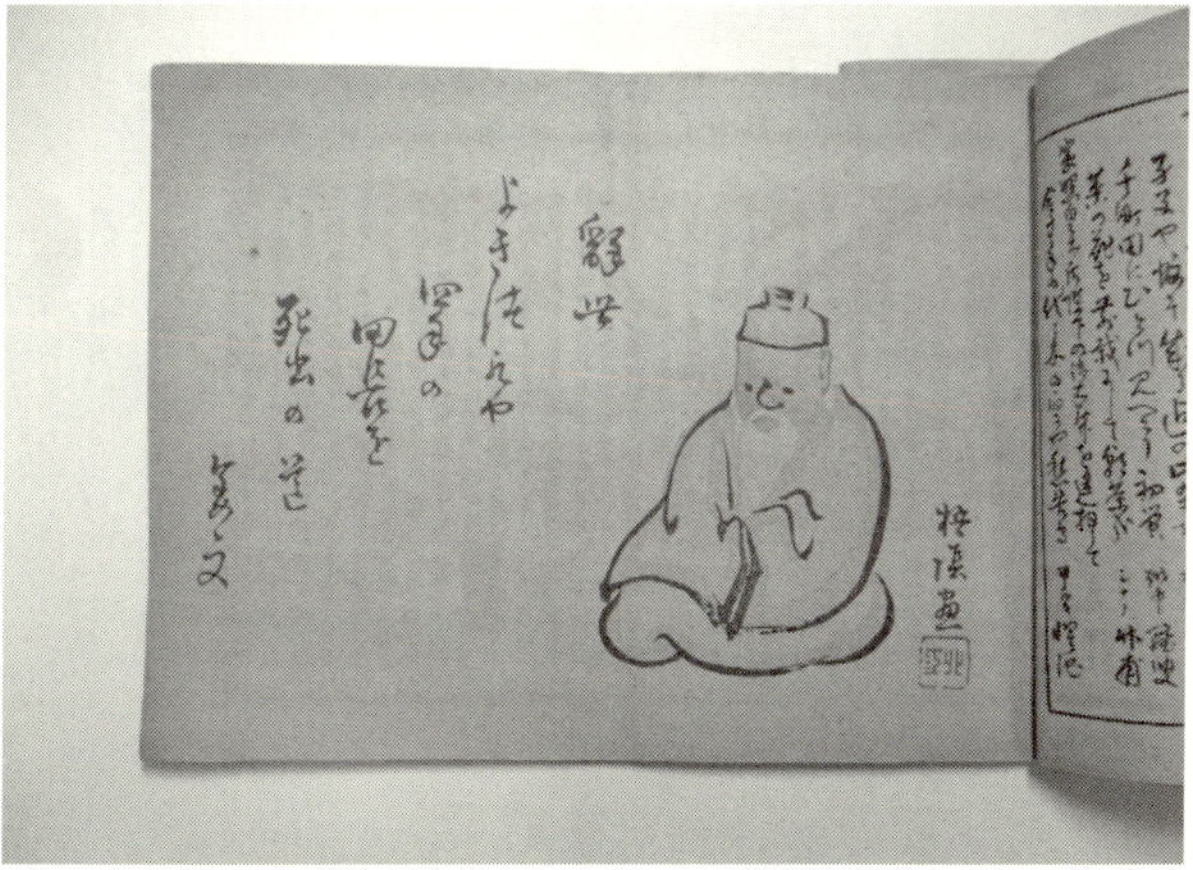

2 萎文像・萎文辞世

3　芭蕉木像

4　恵比須・大黒絵の引き札

5　煤払い

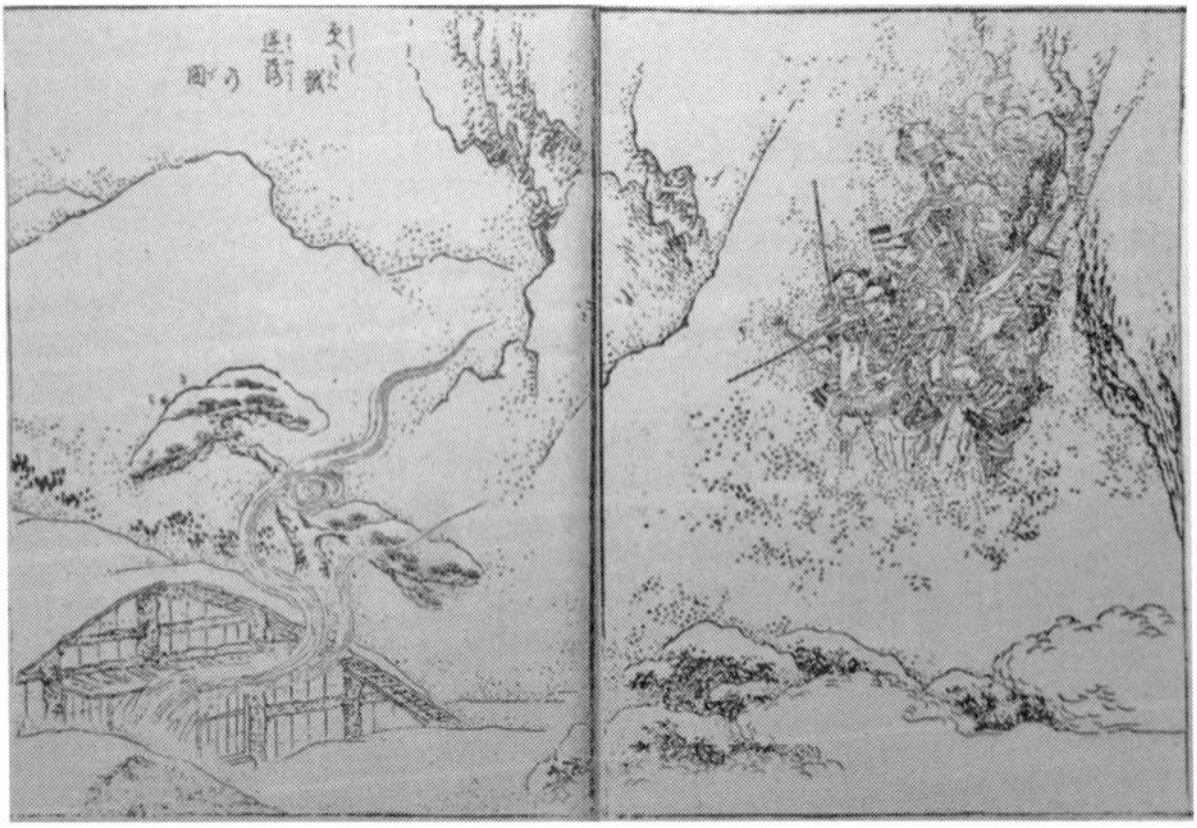

6　佐々成政さらさら越

7　初夢

8　書き初め

9　蛍狩り

10　凱旋

11　斎藤実盛髭を墨で染める

著者略歴
綿抜豊昭（わたぬき とよあき）
筑波大学図書館情報メディア系教授。
『松尾芭蕉とその門流 ―加賀小松の場合』（二〇〇八年、筑波大学出版会）
『高齢社会につなぐ図書館の役割』（共編。二〇一二年、学文社）
『図書・図書館史』（二〇一四年、学文社）
市民大学叢書89『江戸の「百人一首」』（二〇一六年、富山市教育委員会）他。

桂新書15
越中・能登・加賀の原風景
―『俳諧白嶺集』を読む―
定価 八〇〇円＋税

二〇一九年八月五日 第一刷発行

著者© 綿抜豊昭
出版者 勝山敏一
印刷 モリモト印刷株式会社
発行所 桂 書 房
〒九三〇-〇一〇三
富山市北代三六八三-一一
TEL（〇七六）四三四-四六〇〇
FAX（〇七六）四三四-四六一七

地方・小出版流通センター扱い